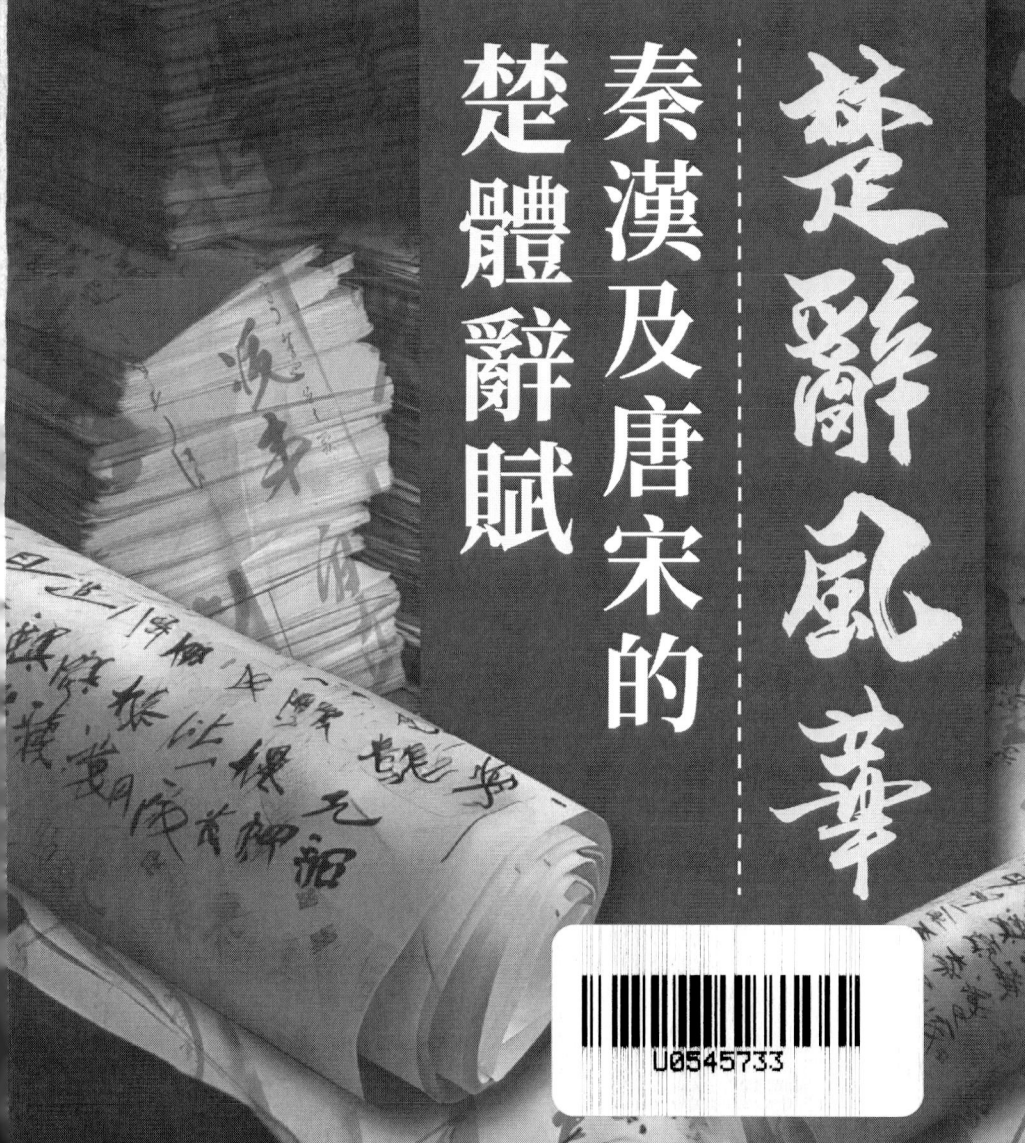

楚辭風華
秦漢及唐宋的楚體辭賦

白羽 著

寫英雄氣短之歌哭、寫兒女情長之惆悵、寫懷才不遇之苦悶，
〈垓下帳中之歌〉×〈長門賦〉×〈登樓賦〉×〈歸去來辭〉
以壯麗奇偉的詩歌，吟唱楚體的激昂悽愴與纏綿柔婉！

目錄

《楚辭》後語

〈佹詩〉 ………………………………………… 009

〈易水歌〉 ……………………………………… 017

〈越人歌〉 ……………………………………… 023

〈垓下帳中之歌〉 ……………………………… 027

〈大風歌〉 ……………………………………… 029

〈鴻鵠歌〉 ……………………………………… 031

〈弔屈原〉 ……………………………………… 033

〈鵩賦〉 ………………………………………… 041

〈瓠子歌〉 ……………………………………… 049

〈烏孫公主歌〉 ………………………………… 053

〈長門賦〉 ……………………………………… 057

目錄

〈思玄賦〉 ………………………………… 073

〈悲憤詩〉 ………………………………… 127

〈胡笳〉 …………………………………… 133

〈登樓賦〉 ………………………………… 153

〈歸去來辭〉 ……………………………… 161

〈鳴皋歌〉 ………………………………… 173

〈引極〉 …………………………………… 181

〈山中人〉 ………………………………… 185

〈魚山迎送神曲〉 ………………………… 191

〈日晚歌〉 ………………………………… 195

〈弔田橫文〉 ……………………………… 197

〈弔屈原文〉 ……………………………… 203

〈弔樂毅〉 ………………………………… 213

〈憎王孫文〉 ……………………………… 219

〈書山石辭〉………………………………… 227

〈寄蔡氏女〉………………………………… 229

〈秋風三疊〉………………………………… 233

目 錄

《楚辭》後語

《楚辭》後語

〈佹詩〉

【作者及作品】

　　宋代學者朱熹《楚辭集注》稱，此詩的作者是荀子。荀子，名況，字卿，戰國時期趙國人。漢宣帝之後因避諱宣帝的名諱「詢」字，改「荀」為孫，又稱孫卿，是戰國時期著名的思想家、哲學家和教育家，是儒家學派的重要人物。法家代表人物韓非子，秦國丞相李斯均為其弟子。

　　荀子不同意儒家的「性善論」思想，創造性的提出「性惡論」，即人天性是惡的，他主張「禮法並施」，強調「學以致用」，著有《荀子》一書。戰國時期是大爭之世，各國統治者重視的是王霸之道，也就是爭奪土地和人口的哲學，因而荀子的主張很難實現。

　　荀子和孔子一樣，也曾周遊列國，向齊、楚、趙等國的君主陳說自己的政治主張。荀子曾三次擔任齊國稷下學宮的祭酒，稷下學宮是齊國的官辦教育和學術機構，類似於大學，荀子的這個職位相當於大學校長。荀子也曾兩度擔任楚國的蘭陵令，類似於蘭陵縣的縣令。據朱熹《楚辭集注》所載，荀子擔任蘭陵令時，有人在掌權的春申君黃歇面前詆毀他，黃歇就將他罷免了。荀子離開楚國到趙國後，有人對春申君說：「從前伊尹離開夏朝的國都，得到殷商重用，結果殷商勝利，夏朝滅

亡；管仲離開魯國而被齊國重用，從此齊國強而魯國弱。賢者在那裡，該國的國君也尊榮啊！荀子是當今天下的賢士，你怎麼罷免他呢？」春申君一聽，趕緊派使者去延請，荀子拒絕楚國之聘，交給使者這首詩應付差事。〈佹詩〉，意為語調激切的詩，即激憤的詩歌。不過，朱熹對此詩是否是荀子拒絕楚國之聘的作品，並未下定論，僅備為一說。〈佹詩〉痛陳亂世之下，賢人得不到重用，天下失序，佞人在位的現狀。荀子是最早採用「賦」之名和問答方式寫辭賦的人，故而和屈原一起被視為辭賦之祖。

天下不治[001]，請陳[002]佹（ㄍㄨㄟˇ）詩。
天地[003]易位[004]，四時[005]易鄉[006]。
列星殞（ㄩㄣˇ）墜[007]，旦暮[008]晦（ㄏㄨㄟˋ）盲[009]。
幽闇[010]（ㄋˋ）登昭[011]（ㄓㄠ），日月[012]下藏[013]。

[001]　不治：缺乏治理。
[002]　陳：述說。
[003]　天地：代指世界一切本來的秩序。
[004]　易位：顛倒了位置。
[005]　四時：四季。
[006]　鄉：同「向」，方向。
[007]　殞墜：墜落。殞，同「隕」。
[008]　旦暮：早晨和晚上。
[009]　晦盲：昏暗不明朗。
[010]　幽闇：指小人。
[011]　登昭：榮升顯要的位置。
[012]　日月：代指君子。
[013]　下藏：指正直的人退避和潛藏。

〈佹詩〉

公正無私,反見從橫[014]。志愛公利,重樓疏堂[015]。

無私罪人,憼[016](ㄐㄧㄥˇ)革[017]二兵。

道德純[018]備[019],讒口[020]將將[021]。

仁人絀(ㄔㄨˋ)約[022],敖暴[023](ㄅㄠˋ)擅強[024]。

天下幽險[025],恐失世英。

螭(ㄔ)龍[026]為蝘蜓[027](一ㄢˇ ㄊㄧㄥˊ),鴟梟[028](ㄔ ㄒㄧㄠ)為鳳皇[029]。

比干[030]見刳[031](ㄎㄨ),孔子拘匡[032](ㄎㄨㄤ)。

昭昭[033]乎其知之明也,鬱鬱[034]乎其遇時之不詳也。

拂乎其欲禮義之大行也,闇乎天下之晦盲也。

---

[014] 從橫:本義為合縱連橫,此處指反覆無常。
[015] 重樓疏堂:高大的樓閣和軒敞的廳堂。
[016] 憼:同「儆」,準備。
[017] 革:牛皮做的鎧甲,此處代指兵器。
[018] 純:純良、純正。
[019] 備:完備。
[020] 讒口:指詆毀賢者的小人。
[021] 將將:通「鏘鏘」,聚集的樣子。
[022] 絀約:黜退。
[023] 敖暴:傲慢殘暴。敖通「傲」。
[024] 擅強:專橫。
[025] 幽險:晦暗、凶險。
[026] 螭龍:傳說中無角的龍。
[027] 蝘蜓:壁虎。
[028] 鴟梟:貓頭鷹,比喻壞人。
[029] 鳳皇:即鳳凰,比喻君子、高尚的人。
[030] 比干:殷紂王帝辛的叔父,因為進諫觸怒紂王,被剖腹取心。
[031] 刳:剖開。
[032] 匡:古地名,位於今河北省長垣縣,孔子在這裡遭受被圍困的厄難。
[033] 昭昭:明亮、光明的樣子。
[034] 鬱鬱:文彩很盛的樣子。

皓天[035]不復[036]，憂無疆也。

千歲必反，古之常也。

弟子勉學，天不忘也。

聖人共手，時幾[037]將矣。

與愚以疑，願聞反辭[038]。

【譯詩】

天下缺乏治理，請讓我述說言詞激切的詩。

天地顛倒了位置，四季顛倒了次序。

天上的星辰墜落，從早到晚昏暗不明。

小人登上了高位，君子退避隱遁。

公正無私，被誹謗為反覆無常。

純正為公共，被誣陷只營造自己的房舍。

不徇私整飭壞人，被誣為起兵造反。

道德上沒有瑕疵，卻招來小人們交口詆毀。

仁人君子遭罷黜而窮困，傲慢殘酷的小人專權擅政。

天下如此晦暗危險，恐怕要失去當代聖賢。

把螭龍當成壁虎，把貓頭鷹視為鳳凰。

賢臣比干遭到剖心，聖人孔子被困在匡地。

他們的智慧光彩燦爛，志向不能實現是因為時運不順。

---

[035]　皓天：光明的天空。
[036]　復：復返。
[037]　幾：近。
[038]　反辭：反覆陳說的話。

〈佹詩〉

要實行的禮義符合大道，天下依然一片晦暗。

光明的天空不再出現，憂心忡忡沒有盡頭。

久亂必定回歸太平，這是自古以來的常理。

後輩們要勉力學習，上天不會遺忘。

聖人們相互拱手，好的時運即將到來。

愚鈍的我所說的話可能令人懷疑，請讓我反覆陳說。

其小歌[039]曰：

念彼[040]遠方，何其塞[041]矣。

仁人絀（ㄔㄨˋ）約，暴人[042]衍[043]（ㄧㄢˇ）矣。

忠臣危殆[044]（ㄉㄞˋ），讒人[045]般[046]矣。

琁（ㄒㄩㄢˊ）玉瑤珠[047]，不知佩也。

雜布與錦，不知異也。

閭娵[048]（ㄌㄩˊ ㄐㄩ）子奢[049]（ㄕㄜ），莫之媒也。

嫫（ㄇㄛˊ）母[050]刀父[051]，是之喜也。

[039] 小歌：相當於《楚辭》中的「亂」，作為尾聲。
[040] 彼：那個。
[041] 塞：蔽塞。
[042] 暴人：殘暴不仁的人。
[043] 衍：多。
[044] 危殆：危險。
[045] 讒人：指喜歡說讒言詆毀正直之人的小人。
[046] 般：樂。
[047] 琁玉瑤珠：指珍貴的美玉和寶珠。琁同「璿」，美玉。
[048] 閭娵：戰國時期魏國著名的美人。
[049] 子奢：即「子都」，春秋時期鄭國著名的美男子。
[050] 嫫母：傳說中的醜女，黃帝的妃子之一。
[051] 刀父：傳說中的醜男。

以盲為明 [052]，以聾為聰 [053]；

以危為安，以吉為凶。

嗚呼上天，曷 [054]（ㄏㄜˊ）維其同？

【譯詩】

結尾的樂曲唱道：

我心中掛念遠方，那裡多麼閉塞。

仁人君子遭到罷黜而窮困，暴虐的人卻很多。

忠臣義士陷於危險，讒言小人彈冠相慶。

珍貴的美玉和寶珠，不加重視。

普通的布和錦緞，不懂得的分別。

美麗的閭娵和英俊的子奢十分匹配，沒人為他們作媒，

醜陋的嫫母和寒磣的刀父，卻得到人們的喜愛。

把盲人當作視力敏銳，把耳聾當作聽力超群。

把危險當作安全，把吉祥當作禍患。

唉呀上天，我怎麼能和這些人同流合汙？

【延伸】

《荀子·賦篇》包括〈禮〉、〈知〉、〈雲〉、〈蠶〉、〈箴〉五篇，其中〈佹詩〉附錄於後。有些研究者認為這篇作品當為兩首詩，前半部分是一首，「小歌」以下是一首。關於這首詩創

---

[052] 明：視力好。
[053] 聰：聽覺敏銳。
[054] 曷：怎麼。

〈佹詩〉

作的年代,《戰國策・楚策四》記載荀子在楚國任職,春申君遭人離間將荀子罷免,後來春申君又派人請荀子回去,荀子寫了這首詩。朱熹應當是沿襲此說。這首詩是荀子遭人詆毀後,心懷不平之作。詩中以比干、孔子為例,說賢者不被重用是古來常有的事。

這首詩在藝術上十分成熟,音韻跌宕起伏,充滿情感的力量。在表達手法上,吸收了屈原《楚辭》歌調的韻味,朱熹說:「出於幽憂窮蹙,怨慕淒涼之意」,十分中肯。魯迅在《漢文學史綱要》中更是給了很高的評價,說它「詞甚切激,殆不下於屈原,豈身臨楚邦,居移其氣,終亦生牢愁之思乎?」

《楚辭》後語

〈易水歌〉

【作者及作品】

　　作者是戰國時期的刺客荊軻。荊軻（？～前 227 年），姜姓，慶氏。戰國末期衛國人，世稱慶卿、荊卿。據司馬遷《史記‧刺客列傳》記載，荊軻受到燕國太子丹的委託，去刺殺秦王嬴政。離去的那一天，太子丹、所有賓客，以及他的朋友高漸離，都來為之送行。所有人都知道，此去刺殺秦王，荊軻就算成功了，也是有去無回。從前的著名刺客，如專諸、聶政，沒有能全身而退的，無不死於衛士的亂刀之下。送行者都戴著白色的帽子，到了易水河邊，看著荊軻動身，高漸離擊築而歌，荊軻也和著樂曲，縱聲高歌：「風蕭蕭兮易水寒，壯士一去兮不復還。」歌聲悲涼悽愴，聞歌之人無不涕淚橫流，唱到激昂處，樂聲變成了慷慨悲壯的羽聲，送行者莫不睜大了眼睛，眼角欲裂，怒髮衝冠。於是，荊軻登上馬車，揚塵而去，始終未曾回頭。《史記》中並未提及這首歌的名字，因即興作於易水之畔，故而後世稱為〈易水歌〉，朱熹《楚辭集注》亦用此名。

風蕭蕭[055]兮易水[056]寒，壯士[057]一去兮不復[058]還[059]。

【譯詩】

寒風蕭蕭易水冰寒，壯士一去不再回歸。

【延伸】

「風蕭蕭兮易水寒，壯士一去兮不復還。」雖然只有兩句，但充滿了悲壯、凝重的力量。馮夢龍《東周列國志》中此詩為四句，後兩句為「入虎穴兮探蛟宮，仰天呼兮成白虹。」但這兩句不論是《戰國策》還是《史記》，都不見記載，甚至連較晚的《資治通鑑》也沒有收錄，可能是明代人偽託續貂之句。

戰國末期，秦國席捲天下，雄視六合，秦王嬴政設計好囊括天下於股掌之中的藍圖。東進南下，將六國打得雞飛狗跳，燕國的大片土地也被奪走，面臨著滅國的危險。身為燕國太子的姬丹十分惶恐，向一個名叫田光的名士求教，田光認為，如果想令秦國快速退兵，只有一個方法——刺殺秦王。他向太子丹推薦了荊軻。

荊軻是衛國人，喜歡讀書，好劍術，曾經向衛國國君毛遂自薦，但沒得到重視。荊軻離開衛國後，遊歷天下，到燕國後，也結交了不少朋友。《史記》載：「荊軻嗜酒，日與狗屠及

---

[055] 蕭蕭：音同「咻咻」，風吹的聲音。
[056] 易水：河名，位於今河北易縣，為燕國的南界。
[057] 壯士：勇士、猛士。
[058] 復：再。
[059] 還：回歸。

〈易水歌〉

高漸離飲於燕市，酒酣以往，高漸離擊築，荊軻和而歌於市中，相樂也，已而相泣，旁若無人者。」真乃豪邁之人也！當時的社會，殺狗的人、擊築的人，都屬於社會底層最低賤的人，而荊軻既能遊說衛元君，又能與屠狗、擊築者來往，可見他無視等級高低，在他眼裡，王侯將相和殺狗的人一般無二，由此也可看出其境界之不凡。當然，在燕國，荊軻結交最重要的一個人物是田光。

荊軻被推薦給太子丹後，得到了非常高的待遇。這時候，秦國悍將王翦已經滅了趙國，俘虜了趙王，只有公子嘉逃到了代地，在哪裡糾集殘餘勢力，建立了一個小王國——代國。秦軍順勢逼近燕國南邊的疆土，虎視眈眈。太子丹催促荊軻行動。

荊軻告訴太子丹，自己入秦國不難，但是要刺殺秦王就必須靠近，要靠近就必須獲得秦王的信任。

太子丹問他：「怎樣才能獲得秦王的信任？」

荊軻告訴太子丹，需要樊於期的人頭和燕國督亢的地圖，作為晉見的禮物。

聽了荊軻的話，太子丹頓時變色。燕國督亢的地圖不難，但是要樊於期的人頭，他卻猶豫了。樊於期原是秦國名將，因為打了敗仗，怕被治罪，投身燕國。秦王一怒之下，將他滅族，並懸賞他的人頭，從此樊於期視秦國為死敵，日夜想著報仇。樊於期在最危難的時候投奔燕國，太子丹不忍心再利用他。

荊軻親自去拜見樊於期，說明來由，樊於期便拔劍自刎了。有了面見秦王的「禮物」，太子丹又花重金從一個名叫徐夫人的手中購買了一柄鋒利的匕首，並將匕首淬毒。

　　荊軻有了最佳裝備，還需要一個副手，以組成最佳組合。太子丹推薦了秦武陽，秦武陽是個街頭小混混，十三歲時就殺了人，以至於沒有人敢正眼看他。不過，荊軻看不上這個人，準備等別的幫手。但太子丹以為荊軻露怯了，甚至要求要秦舞陽先行動，這讓荊軻非常生氣。史載：「荊軻怒，叱太子曰：『何太子之遣？往而不返者，豎子也！且提一匕首入不測之彊秦，僕所以留者，待吾客與俱。今太子遲之，請辭決矣！』」遂發。

　　荊軻到了秦國後，首先賄賂秦王的寵臣中庶子蒙嘉，蒙嘉一再向秦王嬴政說燕國使臣的好處和殷勤，這樣秦王很快就召見了燕國使臣。他穿上禮服，設定九賓之禮，在咸陽宮專門召見荊軻。荊軻手捧裝著樊於期頭顱的匣子，秦武陽捧著裝著燕國督亢地圖的匣子，進了大殿。

　　秦武陽是個沒見過什麼世面的草包，進了大殿，看到秦王的氣派和威勢，頓時渾身發抖，臉色大變。秦國的大臣們感到很奇怪，荊軻害怕露出馬腳，趕緊圓謊說：「副使是個沒見過多少世面的粗鄙之人，見了大王，不免害怕，希望秦王寬容。」

　　秦王嬴政打發秦武陽出去，要荊軻捧著盒子過來。荊軻先讓嬴政看了樊於期的人頭，之後開啟地圖的卷軸，慢慢的展

開,指給他看。就在地圖全部開啟的時候,捲在地圖裡的匕首露了出來,荊軻左手拉住秦王的袖子,右手拿起匕首,就刺向秦王,可惜沒刺中。秦王大驚失色,扯斷袖子,繞著柱子逃跑。他想拔劍反擊,但是劍太長了,倉促間拔不出來。這時一個名叫夏無且的御醫靈機一動,將隨身攜帶的藥包扔向荊軻。趁著這個機會,大臣們大喊:「大王把劍拉到背上(王負劍)」,這樣增加了拔劍的空間。秦王一下子拔出了利劍,並轉身砍荊軻,斬斷了他的左腿。荊軻重傷跌落在地,舉起匕首投向秦王,刺在了柱子上。

秦王用劍砍荊軻,荊軻受了八處傷。史載:「軻自知事不就,倚柱而笑,箕踞以罵曰:『事所以不成者,以欲生劫之,必得約契以報太子也。』」

荊軻自知大事失敗,但毫無懼色,靠著大柱子,蔑視的張開雙腿大罵道:「事情之所以沒有成功,無非是想劫持你,要你把侵占的土地歸還燕國,以報答太子丹。」

這時候,侍衛們才緩過神來,衝上臺階,將荊軻殺了。荊軻以一身而入暴秦,試圖透過手中短小的匕首,扭轉整個歷史的格局,不可謂不豪邁,不可謂不驚天動地。若論身分,他和販夫走卒並無二致,但是他身上飛蛾撲火、毫不惜身的抗爭精神,卻令史家為之擊案,這首詩,連同他本人的事蹟,都在史冊裡寫下了厚重的一筆。

《楚辭》後語

〈越人歌〉

【作者及作品】

　　作者失考,朱熹《楚辭集注》說:「〈越人歌〉者,楚王之弟鄂君泛舟於新波之中,榜枻越人擁棹而歌此詞。」據劉向《說苑》記載,這首詩中的公子,是楚王的弟弟,曾擔任過令尹的公子子晳。古人以男女之情來比喻相互之間的信任,是一種常有的情況。據考證,子晳被楚王封為鄂君,他領地上的越人專門舉行水上活動,為鄂君操槳的是當地的船夫,他們為了表達對鄂君的敬意,唱了這首歌。鄂君聽不懂越人的語言,當地人為他翻譯成楚語。鄂君被船夫們的真誠打動,按楚國的習慣,拍打越人的肩膀,以表達自己的回敬之意,並贈予他一匹錦帛。可以說,這是古代部族融合的一首見證性的作品,也是一首現存最早的翻譯詩歌。

　　今夕[060]何夕兮搴(ㄑㄧㄢ)洲[061]中流[062],
　　今日何日兮得與王子同舟。

---

[060]　夕:晚上。
[061]　搴洲:盪舟、划船。「洲」字疑為「舟」之誤。
[062]　中流:水中央。

023

蒙羞被[063]好兮不訾[064]（ㄗˇ）詬（ㄍㄡˋ）恥[065]，
心幾[066]煩而不絕兮得知王子。
山有木兮木有枝，
心說[067]（ㄩㄝˋ）君兮君不知。

【譯詩】

今夜是何良夜，划著船在水中漫游，
今日是什麼日子，得以與王子同乘一舟。
承蒙愛顧不以我淺陋為羞，
心狂跳不止得與王子相知。
山上有嘉樹，樹木有枝，
我喜歡你而你卻不知。

【延伸】

　　這是一首很美的情詩。一位楚國的貴族公子在河中泛舟，為他打槳的少女愛慕他，一邊打槳，一邊用越語輕歌，公子請人把歌詞翻譯成楚語，就是這首美麗的情詩。詩歌語調雋永，深情款款，韻味悠長，充滿古典主義的含蓄之美。讀此詩，彷彿眼前有一幅美景，春天的江面上一葉蘭舟，一個豐神俊朗的男子獨立船頭，一群打槳的少女們低著頭不敢仰視，只有其中

---

[063]　被：同「披」，覆蓋。
[064]　不訾：不怕說壞話。
[065]　詬恥：羞辱。
[066]　幾：同「機」。
[067]　說：同「悅」，喜歡。

〈越人歌〉

的一個女孩,偷偷的看著他,心中的愛慕、糾纏著的心,揮之不去,情不自禁的把心中的情愫唱了出來,歌聲吸引了貴族男子,禁不住低下高傲的頭,看著打槳少女,兩人的目光相遇。他們跨越了等級界限,彼此相愛。愛情到來的時候,是不分等級、地位和貧富的。

《楚辭》後語

〈垓下帳中之歌〉

【作者及作品】

　　作者是西楚霸王項羽。項羽名籍，是楚國名將項燕的後代，他與劉邦一起舉起反抗秦朝的大旗，但是在楚漢相爭中失敗了，成為中國古代史上最著名的失敗者英雄。他被漢軍圍困在垓下，與妃子虞姬相對悲傷，即興唱了這首歌。有些選本中作〈垓下歌〉，朱熹《楚辭集注》作〈垓下帳中之歌〉。

　　力[068]拔山[069]兮氣蓋世[070]，時[071]不利兮騅[072]（ㄓㄨㄟ）不逝[073]。

　　騅不逝兮可奈何，虞[074]（ㄩˊ）兮虞兮奈若何！

【譯詩】

　　力可以拔山，氣概蓋世，時運不濟，駿馬不奔馳。
　　駿馬不奔馳啊該怎麼辦？虞姬啊虞姬，我該怎麼辦？

---

[068]　力：力量。
[069]　拔山：比喻力量大。
[070]　蓋世：形容高出當世之上。
[071]　時：時機、時運。
[072]　騅：項羽的坐騎，是一種黑色的駿馬。
[073]　逝：奔騰。
[074]　虞：虞姬，項羽的妃子。

【延伸】

　　漢王劉邦率領諸侯聯軍討伐項羽，將項羽包圍在垓下，包圍圈一層又一層，楚軍人少，糧食也用盡了。漢軍的謀士張良請會唱楚歌的軍士在夜晚唱歌，瓦解楚軍的鬥志，項羽聽到楚歌後說：「楚地都被漢軍占領了嗎？為何會有這麼多楚人？」項羽飲酒，慷慨悲歌，他的妃子虞姬也一邊舞蹈，一邊唱著和歌。項羽這位在反秦起義中一路勢如破竹的英雄，竟然流下了眼淚，他的士兵們也在歌聲中淚流不止。朱熹說：「其詞慷慨激烈，有千載不平之餘憤。」詩歌是人類用來對抗時間的最好武器，在這種獨特的，意味著失敗和無奈的情形下，項羽唱這首歌，既寄託他內心的不甘與憤慨，同時也加深了悲劇性，這大概是人類的本性，是詩的作者自己也未曾料到的。英雄豪傑希望透過建功立業來與時間抗衡，從而使自己的生命獲得永恆的價值。毫無疑問，在這一點上，項羽是失敗的，然而這幾句詩，卻一再的被時間摩擦而發亮，他又成功了。詩歌本身的悲劇性，使他成為古代史上最著名的失敗者英雄。

　　這首詩雖然很短，但卻是楚歌中流傳極廣的名篇，也是古代詩歌中最令人惆悵的作品。英雄氣短，兒女情長，表達的酣暢淋漓。

〈大風歌〉

【作者及作品】

　　作者是漢高祖劉邦。劉邦，名季，秦末沛縣人，與項羽一起推翻了秦王朝，在楚漢之爭中獲勝，開創了西漢王朝，是為漢高祖。司馬遷《史記‧高祖本紀》中也收錄了這首作品。朱熹《楚辭集注》中說：「然千載以來，人主之詞，亦未有若是其壯麗而奇偉者也。嗚呼雄哉！」給了這首詩非常高的評價。

　　大風起[075]兮雲飛揚，
　　威[076]加海內[077]兮歸[078]故鄉，
　　安得[079]猛士[080]兮守[081]四方[082]！

【譯詩】

　　大風吹起浮雲飛揚，
　　威望遍及四海，回歸故鄉。
　　怎麼能得到勇士，守護四方！

[075]　起：吹。
[076]　威：權威。
[077]　海內：四海之內，比喻天下。
[078]　歸：回去。
[079]　安得：怎麼得到。
[080]　猛士：勇士，有勇力的人。
[081]　守：守衛。
[082]　四方：指國家的各個地方。

《楚辭》後語

【延伸】

漢高祖登天子位十二年（西元前 196 年）十月，淮南王英布發動了叛亂。英布是和劉邦一起反秦的老搭檔，非常英勇，因而其叛軍聲勢浩大，劉邦不得不御駕親征。擊敗英布後，劉邦順道回到家鄉沛縣，把家鄉的父老子弟都召來，得沛中子弟一百二十人，共同飲酒，歡飲十幾天。有一天喝的酒酣，劉邦起舞擊築，即興唱了這首〈大風歌〉。

劉邦建立漢帝國後，相繼滅了自己分封的燕王臧荼、韓王信、陳豨等諸侯，此時又擊破英布，回想起以往的戰鬥歲月，不由的產生了「安得猛士守四方」的悲涼之感。他在酒宴上深情的對故鄉父老說：「遊子悲故鄉。吾雖都關中，萬歲之後，吾魂魄猶思沛。且朕自沛公以誅暴逆，遂有天下，其以沛為朕湯沐邑，復其民，世世無有所與」。朱熹說劉邦所唱的這首歌，是典型的楚聲。直接的說，這首歌是繼承《楚辭》傳統的。

對劉邦來說，功業已成，然而抵擋不住時光的流逝，詩中的「大風起兮雲飛揚」，正是對時間流逝的另一種表達。「安得猛士兮守四方」，從現實意義上來理解，是守護疆土，從更高層面上來說，卻是守護生命本身。漢高祖劉邦以布衣之身成為天子，本身就是一個傳奇，而詩中表達的同樣是個體生命對命運本身的一種超越，亦即生命價值的永恆。追求超越於世俗的存在，可以說從這首詩起頭，最終成為漢詩的廣泛主題，並且一直影響到了魏晉。

〈鴻鵠歌〉

【作者及作品】

　　作者是漢高祖劉邦，詩歌作於其晚年。劉邦破了英布叛軍後，回到都城長安便生病了，他嫌呂后所生的太子劉盈懦弱，不像自己，想廢掉他，讓戚夫人所生的趙王劉如意當太子。況且，戚夫人一直陪伴晚年的劉邦，也日夜在他身邊哭，希望立自己的兒子為繼承人。但是劉盈的母親呂后十分有政治手腕，她向張良問計，張良建議請「商山四皓」，也就是著名的四位隱士 —— 東園公、甪里先生、綺里季和夏黃公來當太子的老師，輔佐他。劉邦看到商山四皓後，十分吃驚。自知換太子的想法不能實現了。

　　當戚夫人催促劉邦更換太子時，劉邦說：「我想換太子，但他得到了商山四皓的輔佐，羽翼已經豐滿，不可撼動了。」戚夫人哭了起來，劉邦說：「妳為我跳一支楚地的舞，我為妳唱一首楚地的歌吧！」劉邦便唱了這首歌。

031

鴻鵠[083]（ㄏㄨㄥˊ ㄏㄨˊ）高飛，一舉[084]千里。

羽翮[085]（ㄏㄜˊ）已就，橫絕[086]四海。

橫絕四海，當可奈何？

雖有矰繳[087]（ㄗㄥ ㄓㄨㄛˊ），尚安所施？

【譯詩】

天鵝高飛在天上，一飛遠及千里。

羽翼已經豐滿，在四海之內翱翔。

翱翔於四海，能將牠如何？

雖然擁有射鳥的箭，能將牠怎樣呢？

【延伸】

這首歌和〈大風歌〉一樣，都是漢高祖遺留下來不多的作品，雖然短小，但是繼承了「楚辭」的傳統，可以說是後世更加成熟的賦的先聲。傳統上認為詩中的「鴻鵠」指的是羽翼已經豐滿的太子，但這顯然是把歷史故事當成詩歌的佐證。從詩歌內容來看，「鴻鵠」實際上是更高的精神追求的象徵，是晚年的劉邦對生命的另一個角度的思索。

---

[083]　鴻鵠：天鵝，比喻志向遠大的人。
[084]　舉：振翅飛翔。
[085]　羽翮：本意為羽軸，此處指羽毛。
[086]　橫絕：翱翔。
[087]　矰繳：一種用來射飛鳥的箭，箭上繫有細繩子。

〈弔屈原〉

【作者及作品】

　　作者賈誼，是西漢時期的文學家。洛陽（今河南洛陽東）人。漢文帝時，洛陽郡守吳公推薦賈誼入朝，得到漢文帝的賞識，被任命為太中大夫。由於賈誼才華出眾，與權貴們無法同流，因而遭到排擠，被貶為長沙王吳差（長沙王吳芮玄孫）的太傅，離開了朝廷，到地方任職。這篇文章就是渡湘水時所作，賈誼念及自己的遭遇，所寫的憑弔文章。

　　賈誼後來被重新召回長安，任命為梁懷王太傅。後來梁懷王墜馬而死，賈誼認為是自己的責任，深自歉疚，憂傷而死。賈誼的政論散文非常出彩，最著名的當屬〈過秦論〉、〈治安策〉、〈論積貯疏〉等篇。

　　恭（ㄍㄨㄥ）承[088]嘉惠[089]（ㄐㄧㄚ ㄏㄨㄟˋ）兮，俟（ㄙˋ）罪[090]長沙[091]。

　　仄[092]（ㄗㄜˋ）聞屈原兮，自湛[093]汨（ㄇㄧˋ）羅。

---

[088] 恭承：恭敬的接受。
[089] 嘉惠：美好的恩賜，指被漢文帝任命為長沙王太傅。
[090] 俟罪：待罪。俟同「俟」，此處當謙辭。
[091] 長沙：指長沙王吳差的封地。
[092] 仄：同「側」。
[093] 湛：同「沉」。

033

《楚辭》後語

造[094]託[095]（ㄊㄨㄛ）湘流兮，敬弔[096]先生。

遭世罔（ㄨㄤˇ）極[097]兮，迺（ㄋㄞˇ）殞[098]（ㄩㄣˇ）厥[099]（ㄐㄩㄝˊ）身。

嗚呼哀哉兮，逢時不祥[100]。

鸞（ㄌㄨㄢˊ）鳳[101]伏竄[102]兮，鴟鴞[103]（ㄔ ㄒㄧㄠ）翱（ㄠˊ）翔[104]。

闥（ㄊㄚˋ）茸[105]尊顯兮，讒諛（ㄔㄢˊ ㄩˊ）得志。

賢聖逆曳[106]（ㄧㄝˋ）兮，方正倒植[107]。

謂隨夷[108]溷[109]（ㄏㄨㄣˋ）兮，謂蹠蹻[110]（ㄓˊ ㄑㄧㄠ）為廉。

---

[094] 造：到。
[095] 託：同「托」，寄託。
[096] 弔：憑弔。
[097] 罔極：沒有準繩。
[098] 殞：死亡。
[099] 厥：其，指屈原。
[100] 不祥：不幸。
[101] 鸞鳳：比喻賢德之人。
[102] 伏竄：躲藏、逃竄。
[103] 鴟鴞：貓頭鷹，古人認為是惡鳥，比喻小人和奸臣。
[104] 翱翔：比喻得志。
[105] 闥茸：小門上長的細微的草。
[106] 逆曳：倒拖著前進。
[107] 倒植：倒立。
[108] 隨夷：商代的賢士卞隨和商末賢士伯夷二人。
[109] 溷：混濁。
[110] 蹠蹻：春秋時魯國的大盜「蹠」和戰國時期楚國叛將「莊蹻」，被視為惡人的代表。

〈弔屈原〉

莫邪[111]（一ㄝˊ）為鈍兮，鉛刀[112]為銛[113]（ㄒㄧㄢ）。
籲嗟（ㄩˋ ㄐㄧㄝ）默默[114]，生[115]之亡故兮。
斡（ㄨㄛˋ）棄[116]周鼎[117]，寶[118]康瓠[119]（ㄏㄨˊ）兮。
騰駕[120]罷[121]（ㄆㄧˊ）牛，驂[122]（ㄘㄢ）蹇[123]（ㄐㄧㄢˇ）驢兮。
驥（ㄐㄧˋ）垂兩耳，服[124]鹽車[125]兮。
章甫[126]薦[127]履（ㄌㄩˇ），漸不可久兮。
嗟苦先生，獨離[128]此咎[129]（ㄐㄧㄡˋ）兮。

[111]　莫邪：古代傳說中的寶劍。
[112]　鉛刀：比喻鈍刀，指用較軟的金屬鍛造的刀。
[113]　銛：鋒利。
[114]　默默：志向不得施展的樣子。
[115]　生：指屈原。
[116]　斡棄：拋棄。
[117]　周鼎：國家重器，比喻人才。
[118]　寶：看重、重視。
[119]　康瓠：瓦罐，比喻庸才。
[120]　騰駕：駕馭。
[121]　罷：疲憊。
[122]　驂：古代四馬駕一車，中間的兩匹馬叫服，外側的兩匹馬叫驂。
[123]　蹇：跛腳，行動不便。
[124]　服：駕。
[125]　鹽車：典故出自《戰國策‧楚策》，一匹駿馬拉著非常重的鹽車上橋，相馬的人看到後哭了。比喻糟蹋人才。
[126]　章甫：古代的禮帽。
[127]　薦：墊。
[128]　離：通「罹」，遭遇。
[129]　咎：災難。

035

《楚辭》後語

【譯詩】

恭敬地接受美好的恩賜，到長沙去當官。
聽別人說起屈原，自沉汨羅江自殺。
到湘江後寄託我的情思，憑弔屈原夫子。
遭受世間的極端詆毀，害了你自己的生命。
啊！遭逢了不幸的時代。
君子躲避流竄，小人卻在高位。
小人們尊貴顯耀，用讒言奉承獲得重用。
賢臣無法立足，正派的人不得志。
世俗認為卞隨與伯夷醜惡，盜跖、莊蹻廉潔。
認為莫邪那樣的寶劍魯鈍，鉛鑄造的小刀鋒利。
慨嘆志向不能施展，先生你無故遭遇禍患。
就好像拋棄了珍貴的周鼎，把瓦罐當成寶。
好像疲牛拉車，跛腳的驢駕轅。
駿馬低垂著耳朵，拉著鹽車上橋。
帽冠在鞋履的上面，這種局面是不長久的。
慨嘆先生不幸，竟遭遇這樣的禍患。

誶（ㄙㄨㄟˋ）曰[130]：
已矣！國其莫吾知兮，子獨壹（一）鬱[131]其誰語？

---

[130]　誶曰：告知。結尾用語，相當於《楚辭》中的「亂曰」。
[131]　壹鬱：同「抑鬱」。

〈弔屈原〉

鳳縹（ㄆㄧㄠˇ）縹[132]其高逝[133]兮，夫固自引[134]而遠去。

襲[135]九淵[136]之神龍兮，沕[137]（ㄨㄟ）深潛以自珍。

偭[138]（ㄇㄧㄢˇ）蟂獺[139]（ㄒㄧㄠ ㄊㄚˋ）以隱處兮，夫豈從[140]蝦[141]（ㄏㄚˊ）與蛭螾[142]（ㄓˋ ㄧㄣˇ）？

所貴聖之神德兮，遠濁世而自臧[143]（ㄗㄤ）。

使麒麟（ㄑㄧˊ ㄌㄧㄣˊ）可繫[144]而羈[145]（ㄐㄧ）兮，豈云異夫犬羊？

般[146]紛紛其離此郵[147]兮，亦夫子[148]之故也。

歷[149]九州而相[150]其君兮，何必懷此都[151]也？

---

[132] 縹縹：同「飄飄」，輕舉的樣子。
[133] 高逝：飛得很高。
[134] 自引：自己離去，即高飛。
[135] 襲：效仿。
[136] 九淵：指非常深的深淵。
[137] 沕：深潛的樣子。
[138] 偭：面向。
[139] 蟂獺：類水獺動物。
[140] 從：跟隨。
[141] 蝦：指蛤蟆。
[142] 蛭螾：水蛭和蚯蚓。「螾」同「蚓」。
[143] 臧：珍視。
[144] 繫：用繩子繫住。
[145] 羈：羈絆。
[146] 般：久。
[147] 郵：同「尤」，禍患。
[148] 夫子：指屈原。
[149] 歷：走遍。
[150] 相：考察。
[151] 此都：楚國都城郢。

鳳皇翔於千仞[152]（ㄖㄣˋ）兮，覽德輝[153]而下之。
見細德之險微兮，遙增擊而去之。
彼尋常之汙瀆[154]（ㄨ ㄉㄨˊ）兮，豈容吞舟之魚[155]？
橫江湖之鱣（ㄓㄢ）鯨兮，固[156]將制於螻蟻（ㄌㄡˊ ㄧˇ）。

【譯詩】

告知：

就這樣吧！國中再沒有人了解我，一人獨自憂愁能和誰交流呢？

鳳凰遠遠的向高處飛去，自己本打算也遠走高飛。

仿效深淵中的神龍，深深地潛藏珍視自己。

面向蟧獺去隱居，怎麼能和蛤蟆、水蛭和蚯蚓等小蟲為伍？

我認為珍貴的是聖人的神明德行，要遠離汙濁的世界隱居。

如果麒麟也能夠被羈絆，那和狗、羊有什麼分別呢？

久處混亂之世遭此禍患，也是夫子你品格的原因。

走遍九州任何一國你都能輔佐君主，何必留戀楚國呢？

---

[152]　千仞：形容極其高。
[153]　德輝：指君主的德行之美。
[154]　汙瀆：小臭水溝。
[155]　容吞舟之魚：非常大的魚，能吞下船。典出於《莊子・庚桑楚》：「吞舟之魚，碭而失水，則螻蟻苦之。」
[156]　固：本來。

〈弔屈原〉

鳳凰在萬里長空翱翔，看到人君的道德光輝才落下來。

看到細微的危險徵兆，就遠遠的飛翔離去。

那狹窄的小臭水溝，怎能容下吞舟的巨魚呢？

橫行於江海的巨大鱣魚和鯨魚，在小水池裡本就受制於螻蟻。

【延伸】

屈原和賈誼不是同一時代的人物，但司馬遷作《史記》，卻將屈原和賈誼放在同一篇列傳裡來寫，這是大有深意的。《史記·屈原賈生列傳》中說：「自屈原沉汨羅後百有餘年，漢有賈生，為長沙王太傅，過湘水，投書以弔屈原」，指明詩歌寫作的原因。屈原和賈誼有很多相似之處，二人都身負匡正天下的才華，才高氣盛，但卻被貶謫，鬱鬱不得志，這也使賈誼對屈原的身世感同身受。在這篇作品中，賈誼緬懷了屈原高尚的人格，美好的政治理想和悲劇性的命運，並將自己的憂憤融入其中，從而使作品充滿真切的情感力量。這首詩中，名句迭出，令人眼花撩亂，如「使麒麟可繫而羈兮，豈云異夫犬羊」、「彼尋常之汙瀆兮，豈容吞舟之魚？橫江湖之鱣鯨兮，固將制於螻蟻」等句，可謂是炫光爛漫，神來之筆。

《史記·屈原賈生列傳》中全文收錄〈弔屈原〉，後世單列這篇文章時，往往在標題上加「賦」字。朱熹《楚辭集注》中沒有「賦」字，本篇從《楚辭集注》。此外，《楚辭集注》中所收的這篇賦，與《史記·屈原賈生列傳》中的賦，有細微的文字差

別,如「使麒麟可繫而羈兮,豈云異夫犬羊」一句,《史記‧屈原賈生列傳》中「麒麟」為「騏驥」,可知在流傳中,文字發生了變化,本文同樣以《楚辭集注》為根本。

歷代文學理論家對賈誼的這篇賦有很高的評價,劉勰《文心雕龍‧哀弔》中說:「自賈誼浮湘,發憤弔屈,體同而事核,辭清而理哀,蓋首出之作也。」馬積高《賦史》中說:「〈弔屈原賦〉在體制上雖上承〈九章〉,但前一段連用許多排比句,第二段多用反詰句和感嘆句,形成一種鋪張揚厲的風格,與他的名文〈過秦論〉相似,具有戰國策士說辭那種雄辯的餘風。」

〈鵩賦〉

【作者及作品】

　　作者賈誼。有些選本中篇名作〈鵩鳥賦〉，朱熹《楚辭集注》無「鳥」字。司馬遷《史記·屈原賈生列傳》中全文收錄了這篇文章，字句與此篇略有出入，句尾多有「兮」字。為保持整體一致，此篇文句以《楚辭集注》為宗。

　　賈誼在長沙王吳差的封地當了三年太傅，有一隻鵩鳥飛進他的房間，這是一種像貓頭鷹的鳥。按照當時人的習俗，這種鳥飛進主人的房間，意味著不祥，亦即主人可能不久於人世。賈誼的這首賦，表達了他曠達的生命態度。朱熹認為，賈誼文章中的觀點，不出於莊子和列子（凡誼所稱，皆列禦寇、莊周之常言），但是賈誼高於司馬相如，揚雄則更在其下。

《楚辭》後語

　　單閼[157]之歲，四月孟夏[158]，庚子[159]日斜。鵬集[160]予舍，止於坐隅[161]，貌甚閒暇[162]。異物[163]來崒[164]，私[165]怪其故。發[166]書[167]占之，讖[168]言其度[169]。曰：「野鳥入室，主人將去。」問於子鵬：「予去何之[170]？吉乎告我，凶言其災[171]。淹速[172]之度，語[173]余其期。」

【譯文】

　　丁卯年，初夏四月，庚子太陽西斜。鵬鳥進入我的住房，降落在座旁，從容不迫，十分閒暇。異物進入房屋，我暗自思量原因。開啟書占卜，驗證其吉凶。策書上定數說：「野鳥入室，主人將離去。」請問鵬鳥：「我將去何方？吉事告訴我，凶事也請說明是什麼災禍。壽命長短，也把期限告訴我。」

[157]	單閼：太歲在卯稱為「單閼」，這一年是漢文帝六年（西元前174年），即丁卯年。
[158]	孟夏：初夏，農曆四月。農曆四季的每個季節都有「孟」、「仲」、「季」的排列。農曆夏季的三個月，即四、五、六月，分別對應「孟夏」、「仲夏」、「季夏」。
[159]	庚子：四月的一天。
[160]	集：棲息。
[161]	坐隅：坐在席子一角。
[162]	閒暇：從容的樣子。
[163]	異物：指鵬鳥。
[164]	崒：同「萃」，止。
[165]	私：暗自。
[166]	發：翻開。
[167]	書：占卜用書。
[168]	讖：預示吉凶的話。
[169]	度：吉凶定數。
[170]	之：往。
[171]	凶言其災：是凶事，請把災禍說明。
[172]	淹速：死生遲速。
[173]	語：告訴。

042

〈鵩賦〉

鵩乃嘆息,舉首奮翼。口不能言,請對以意。萬物變化,固亡休息。斡流[174]而遷,或推[175]而還[176]。形[177]氣[178]轉續,變化而[179]嬗[180]。沕穆[181]亡間,胡可勝[182]言!禍兮福所倚[183],福兮禍所伏[184];憂喜聚門[185],吉凶同域。彼吳強大,夫差以敗;越棲會稽,勾踐伯世[186]。斯遊遂成[187],卒被五刑[188];傅說[189]胥靡[190],乃相武丁。夫禍之與福,何異糾[191]纆[192];命不可測,孰知其極[193]!水激則旱[194],矢激則

---

[174] 斡流:轉動。
[175] 推:推移。
[176] 還:回。
[177] 形:有形之物。
[178] 氣:無形之物。
[179] 而:如。
[180] 嬗:蛻變。
[181] 沕穆:精微深遠的樣子。
[182] 勝:盡。
[183] 倚:起因。
[184] 伏:藏。「禍兮福所倚,福兮禍所伏」這兩句是引用老子《道德經》中的句子。
[185] 聚門:聚集在門內。
[186] 「彼吳強大」四句:指春秋末期吳、越兩國爭霸,越王勾踐最終滅了吳國,吳王夫差自殺。伯,同「霸」。
[187] 斯遊遂成:指李斯到秦謀職,最後得到重用,成為秦丞相。
[188] 五刑:秦二世時,李斯被腰斬而死。
[189] 傅說:殷高宗武丁時賢人,被任命為相。
[190] 胥靡:古代的刑罰,把犯罪的人用繩子繫在一起,讓他們服勞役。
[191] 糾:兩股交織的繩索。
[192] 纆:三股交織的繩索。
[193] 極:究竟。
[194] 旱:通「悍」,形容水奔湧。

043

遠；萬物回[195]薄[196]，振[197]蕩相轉[198]。雲蒸[199]雨降[200]，糾錯[201]相紛；大鈞[202]播物[203]，塊圠[204]無垠。天不與慮[205]，道不可與謀；遲速有命，烏識[206]其時[207]！

【譯文】

　　鵩鳥嘆息，揚著頭揮動翅膀。嘴裡不能說話，只能示意。萬物變化，本來沒有休止。推移運轉，循環往復。有形和無形轉續，互相交替。道理微妙，豈能盡數說完。災禍，幸福依傍在裡面；幸福，災禍伏藏在裡面。憂喜聚集，吉凶同處。吳國強大，夫差因此而失敗。越國受困於會稽，勾踐稱霸於世。李斯遊說成功，最後竟然遭受極刑。傅說遭受服勞役之刑，卻因此輔佐武丁。禍與福，好像繩索糾纏。命運難以言說，誰知最後的結果。水激就會猛烈，箭的速度快就能飛得遠。萬物迴旋，動盪相轉。雲氣上升，雨水下落，錯繆紛雜。上蒼造物，茫然沒有窮盡。天難思慮，道難預測。死生由命，誰能預知期限呢？

---

[195]　回：返。
[196]　薄：迫。
[197]　振：同「震」。
[198]　轉：轉化。
[199]　蒸：因熱而水氣上升。
[200]　降：因冷而變成雨水下降。
[201]　糾錯：糾纏交錯。
[202]　大鈞：造化。鈞，本指製作陶器所用的轉輪。
[203]　播物：運轉造物。
[204]　塊圠：沒有邊際的樣子。
[205]　與慮：與後文的「與謀」同義，都指預見。
[206]　識：預知。
[207]　時：期限。

〈鵩賦〉

且夫天地為爐[208]，造化為工[209]。陰陽為炭[210]，萬物為銅[211]。合[212]散[213]消[214]息[215]，安有常則[216]？千變萬化，未始[217]有極[218]！忽然[219]為人，何足控[220]揣？化為異物[221]，又何足患！小智[222]自私[223]，賤彼貴我。達人[224]大觀，物亡不可。貪夫殉[225]財，烈士殉名。誇者[226]死權，品庶[227]每生。怵迫之徒，或趨西東。大人[228]不曲，億變齊同。愚士繫俗[229]，僒若囚拘[230]。至人[231]遺物，獨與道俱[232]。眾人惑

[208] 爐：冶煉用的爐子。與下文的工、炭、銅都是比喻。
[209] 工：冶煉工匠。
[210] 炭：比喻陰陽。
[211] 銅：比喻鑄成的物。
[212] 合：聚。
[213] 散：分散。
[214] 消：滅。
[215] 息：生。
[216] 常則：一般法則。
[217] 未始：未嘗。
[218] 極：終極。
[219] 忽然：偶然。
[220] 控：引。
[221] 化為異物：指人死亡，化為生命之外的物質。
[222] 小智：智識短淺的人。
[223] 自私：只顧得上自己。
[224] 達人：通達的人。
[225] 殉：以身為物而死。
[226] 誇者：貪求虛名的人。
[227] 品庶：指普通人。
[228] 大人：非常之人、偉大的人。
[229] 繫俗：為俗累所折服。
[230] 囚拘：像罪人一樣被拘束。
[231] 至人：指有至德之人。出自《莊子・天下》：「不離於真，謂之至人」。
[232] 獨與道俱：獨與大道同行。

045

惑[233]，好惡積億。真人恬[234]漠[235]，獨與道息[236]。釋智[237]遺形[238]，超然[239]自喪[240]。寥廓忽荒[241]，與道翱翔。乘流則逝，得坎[242]則止。縱軀委命，不私與己[243]。其生兮若浮，其死兮若休；澹乎若深淵之靚，泛乎若不繫之舟。不以生故自寶[244]，養空而遊；德人[245]無累[246]，知命[247]不憂。細故芥蒂，何足以疑！

【譯文】

宇宙為火爐，上天是管理爐的工人。陰陽為火炭，萬物為銅。聚散消長，哪有一定的規律？千變萬化，沒有終極。偶然成為人，何足珍惜？變為生人之外的他者，又有何憂慮！智慮短淺的人自私，賤視別人而看重自己。胸襟寬廣的人坦蕩，對萬物聽其自然。貪婪的人為財而死，雄烈的人為名而亡。戀權的人死於權勢，大多數普通人貪生怕死。逐利的人，東奔西忙。見識廣博的人不為物慾所屈，萬變等同。愚人囿於世俗，窘迫的好像被拘

[233]	惑惑：迷亂到極點。
[234]	恬：安。
[235]	漠：靜謐。
[236]	與道息：與大道同在。
[237]	釋智：放棄智慮。
[238]	遺形：遺棄形骸。
[239]	超然：超脫於萬物之外。
[240]	自喪：自忘其身。
[241]	忽荒：同「恍惚」。
[242]	坎：水中的小洲。
[243]	不私與己：不私愛身軀。
[244]	自寶：自我珍視。
[245]	德人：出自《莊子·天地》：「德人者，居無思，行無慮，不藏是非美惡。」
[246]	累：牽累。
[247]	知命：知曉天命。

禁的囚徒,聖人超然物外,獨與大道同在。眾人迷惑,利慾充塞胸中。真人淡泊,與大道同歸。棄絕智慧,忘掉形體,超然忘我。遼闊鴻蒙的境界,與大道一起飛翔。順流而行,遇到小舟就停息。把軀體交給命運,不把自己當成私物。活著好像浮寄於人世,把死亡當做休息。靜如深淵,動如不繫之舟。不因活著就看重自己,心如浮舟一樣空蕩。注重道德的人超然物外,知道天命的人不會憂愁。芥蒂瑣事,何足以疑慮!

【延伸】

這篇文章反映了賈誼的生死觀和生命觀。作者借鵩鳥之口,指出禍福倚伏的道理,並以史為鑑,列舉了吳王夫差、越王勾踐、李斯、傅說等歷史故事,說明禍福無常。作者連續用了「小智」以下二十句,表達達觀的人不為外物役使,能對萬物一視同仁。「釋智遺形」以下十六句則表達了作者理想的處世態度。齊死生、等榮辱,是這篇文章的中心。很顯然,賈誼對老子和莊子的思想有深刻的理解。文中的「禍兮福所倚,福兮禍所伏」二句,即《老子》中的名句,「齊死生」則出自《莊子·齊物論》。作者將老莊思想化為自己的精神指導力量,從而使生命更加開闊,有更多的選擇,猶如朝霞明珠,長空麗日一般。

　　賈誼的賦結構巧妙,音韻鏗鏘,文字行雲流水,尤其是辭藻之華美,具有極高的創造性,為文學的豐富度做出很大的貢獻,堪稱古典漢語的大手筆。

《楚辭》後語

〈瓠子歌〉

【作者及作品】

　　作者是漢武帝劉徹。元光三年（前132），黃河決口入瓠子河，造成淮河、泗水一帶連年洪澇。元封二年（前109），漢武帝從事龐大的泰山封禪活動後，徵發了萬人，進行治河。此詩便是當時所作。《史記‧河渠書》中全引這首詩，但《楚辭集注》中的文句與之有所差異，本文以《楚辭集注》為宗。

　　瓠（ㄏㄨˋ）子[248]決兮將奈何，浩浩洋兮慮殫[249]（ㄉㄢ）為河。

　　殫為河兮地不得寧，功無已時兮吾山平。

　　吾山平兮鉅（ㄐㄩˋ）野[250]溢，魚弗（ㄈㄨˊ）鬱兮柏[251]冬日。

　　正道馳兮離常流，蛟龍騁兮放遠遊。

　　歸舊川[252]兮神哉沛（ㄆㄟˋ），不封禪（ㄔㄢˊ）兮安知外。

---

[248] 瓠子：地名，在今河南省濮陽縣西南，也稱作瓠子口。瓠子河由此分流，經山東注入濟水。
[249] 慮殫：心思用盡。
[250] 鉅野：古湖澤名，位於今山東省鉅野縣北。
[251] 柏：通「迫」，逼近。
[252] 舊川：原本的河道。

為我謂河伯[253]兮何不仁，氾濫不止兮愁吾人[254]。

齒桑[255]浮兮淮（ㄏㄨㄞˊ）泗[256]滿，久不反[257]兮水維緩。

【譯文】

瓠子河決堤有何良策，浩浩蕩蕩氾濫成澤國。

一片汪洋百姓無法安寧，救災無功洪水與山平。

洪水漫上高山流溢鉅野，成群的魚游蕩在田野而又值冬日來臨。

洪波脫離河道橫流，好像蛟龍四處遨遊。

回歸原本的河道吧河流的神，不赴泰山封禪哪知外面的民情。

為我對河伯說為何如此不仁，氾濫的河水不停令人愁悶。

池桑浮在水中，淮河、泗水都滿了，洪水不返回河道流速緩慢。

河湯湯[258]（ㄕㄤ　ㄕㄤ）兮激潺湲[259]（ㄔㄢˊ　ㄩㄢˊ），北渡回兮汛流難。

[253] 河伯：神話中的黃河水神。姓馮，名夷，或說名冰夷，又名馮遲。傳說渡河淹死，被天帝封為水神。
[254] 吾人：吾民，我的屬民。
[255] 齒桑：古地名。
[256] 淮泗：淮河與泗水，泗水是淮河下游第一大支流，與淮河連稱淮泗。
[257] 反：同「返」，返回。
[258] 湯湯：大水急流的樣子。
[259] 潺湲：水緩慢流動的樣子。

搴[260]（ㄑㄧㄢ）長茭[261]（ㄐㄧㄠˇ）兮湛美玉，河伯許兮薪[262]不屬[263]。

薪不屬兮衛人[264]罪，燒蕭條兮噫（ㄧ）乎何以禦水？

隤（ㄊㄨㄟˊ）林竹兮楗（ㄐㄧㄢˋ）石菑[265]（ㄗ），宣防塞兮萬福來。

【譯文】

黃河的水流激起滾滾浪花，汛期來了向北渡河太困難。

用竹子和蘆葦編成長索修築水壩，又用美玉來祭河，河伯答應了但柴薪不足。

柴薪不足，衛人自認為有罪，砍伐盡了，竹木用什麼來堵水？

砍伐淇園的竹子插木填土，堵住洪水的決口，幸福就會來臨。

【延伸】

雄才大略的漢武帝重視水利，但漢初以來，由於戰爭原因，淮河一帶水利崩壞，尤其是元光三年黃河決口後，洪水肆虐了20多年之久。詩歌借用奇幻的意象，怒責河神沒有仁

---

[260]　搴：取。
[261]　長茭：蘆葦和竹片編織的長索。
[262]　薪：柴。
[263]　屬：連續、供給。
[264]　衛人：衛地的百姓，此地為古衛國屬地。
[265]　菑：插入、壘砌。

義之心，使百姓遭殃。不過，與其埋怨神靈，不如人來實做。元封二年（前 109 年），漢武帝到泰山舉行封禪大典，這是一項他為自己的豐功偉業樹碑的工程，為此他調集四萬人築堤治水。

漢武帝親自指揮了這場征服洪水的工程，他命令士兵和民夫們一起砍伐竹子，搬運泥土和石頭。由於當時的生產比較落伍，洪水很容易就將堵水用的泥沙沖走，因此人們才用在泥土中新增柴薪，攪拌後增加黏合度的方式。漢武帝則命令士兵們砍伐淇園的竹子，把竹子做成樁，釘在決口處，然後在樁子中間沉入石塊，用這種方式最終堵住了決口。淇園是自商代以來就存在的一個文化遺址，被當地人視為文化地標，砍伐這裡的竹子對衛地（古衛國舊地）的人來說，是一件慘痛的事。但洪水治理成功，造福了當地的百姓。

〈烏孫公主歌〉

【作者及作品】

　　作者是漢代宗室公主劉細君，劉細君身分高貴，出身十分顯赫，他的曾祖父是漢景帝劉啟，祖父劉非是漢武帝劉徹的哥哥，父親劉建是第二代江都王，她是名副其實的漢室公主，比出塞的王昭君還要早和親，以公主之尊，嫁給烏孫國王。在烏孫期間，寫下了這首詩。在一些選本中，此詩又名〈悲愁歌〉。

　　吾家[266]嫁我兮天一方，遠託異國兮烏孫（ㄨ ㄙㄨㄣ）王[267]。

　　穹廬[268]（ㄑㄩㄥ ㄌㄨˊ）為室兮旃[269]（ㄓㄢ）為牆，以肉為食[270]兮酪[271]（ㄌㄠˋ）為漿。

　　居常土思兮心內傷，願為黃鵠[272]（ㄏㄨˊ）兮歸故鄉。

---

[266] 吾家：我家人，此處指漢王朝。
[267] 烏孫王：烏孫國王。烏孫國是漢代時西域之國，位於新疆溫宿以北、伊寧以南一帶。
[268] 穹廬：帳篷。
[269] 旃：同「氈」，指帳篷的牆。
[270] 食：主食。
[271] 酪：乳汁。
[272] 黃鵠：天鵝。

053

【譯文】

我家將我嫁出後天各一方,託身於遙遠異國的烏孫國王。

帳篷為屋、氈為牆,以肉為食、乳汁為飲料。

居住在這裡常因思念而悲傷,我願化為天鵝回到家鄉。

【延伸】

劉細君的父親江都王劉建不法,於漢武帝元狩二年(前121年)被賜死,封國被廢。劉細君雖是罪人之後,但同時又擁有皇室血統,漢武帝命她嫁給西域的烏孫國王獵驕靡,擔當起外交使命。

細君公主出嫁時攜帶豐厚的嫁妝,並配備屬官和百餘名隨從人員。到了烏孫國後,她將物品分賜給當地百姓,得到人們的擁戴。到了當地後,才知道國王獵驕靡已經年老,加上習俗差異大、語言不通,十分悲愁,寫下了這首詩。獵驕靡年老,讓孫子軍須靡代行政事,按照烏孫國傳統,老國王死後,新國王軍須靡要娶劉細君。劉細君不同意,向漢武帝上書,漢武帝要求她遵從當地習俗。

劉細君改嫁軍須靡後,曾生有一個女兒。太初四年(前101年),也就是嫁到烏孫國之後的第五年,細君公主病逝了。這首詩很短,只有6句48個字,但卻有巨大的、充滿衝擊的張力,將一位女性內心的痛苦和無奈,展現的淋漓盡致。劉細君的父親因謀反罪被逼自盡,江都王室被滅三族,只有她

〈烏孫公主歌〉

一個人法外施恩，被赦免了。她要活下去，只能接受和親公主的命運，然而那是一個她從未聽過，遠在天邊的地方。到了當地後，才發現要嫁的國王是一個垂暮的將死之人，語言的不通，習俗上的巨大差異，都讓她度日如年。她多麼想掙脫束縛自己的肉體，化為一隻天鵝，回到日思夜想的故鄉。透過這首詩，我們深深感受到命運的悲劇性，詩歌的力量在這裡得到最大的彰顯，似乎每一行字裡都落滿了眼淚。

《楚辭》後語

〈長門賦〉

【作者及作品】

　　作者是西漢文學家司馬相如,這是他代失寵的皇后陳阿嬌所寫的一篇作品。司馬相如,字長卿,蜀郡成都人,「漢賦四大家」之一。因〈子虛賦〉而受到漢武帝賞識,後又作〈上林賦〉得到武帝授官,被任命為郎。曾以使臣身分出使西南諸夷,均完成使命。晚年因病免官。

　　朱熹《楚辭集注》中說:「〈長門賦〉者,司馬相如之所作也。歸來子曰:『此諷也,非〈高唐〉、〈洛神〉之比。』梁蕭統《文選》云:『漢武帝陳皇后得幸,頗妒,別在長門宮。聞蜀郡司馬相如天下工為文,奉黃金百斤為相如、文君取酒,因求解悲愁之辭,而相如為文以悟主上,皇后復得幸。』而《漢書》皇后及相如傳無奉金求賦復幸事。然此文古妙,最近《楚辭》。或者相如以后(指陳皇后)得罪,自為文以諷,非后求之,不知敘者何從實此云。」這段話翻譯成白話,是說這篇賦是一首諷刺之作,不是〈高唐賦〉、〈洛神賦〉那樣的作品。梁昭明太子蕭統編《文選》,收錄了這篇賦。書中有小序說:「漢武帝的皇后陳皇后,經常得到寵幸,為人喜好妒忌。失寵後住在長門宮,愁苦鬱悶而悲傷。聽說蜀郡成都人司馬相如是天下第一流的文章高手,餽贈百斤黃金,要司馬相如、卓文君買酒喝(此

處是要司馬相如寫文章，付給他稿酬的文雅說法）。因而，相如寫了這篇用以紓解悲愁的文章。相如所寫的文章讓皇帝醒悟，陳皇后再次得到了寵信。」不過《漢書》中不論是皇后傳，還是司馬相如的傳記，都沒有記錄這件事。也就是說，並不存在漢武帝看了這篇賦後，恢復和陳皇后關係這件事，陳阿嬌以終老長門宮度過了她的一生。朱熹認為，這篇賦高古而充滿才華，最具《楚辭》之風。

夫[273]何一佳人兮，步逍遙[274]以自虞[275]（ㄩˊ）。

魂[276]逾佚[277]（ㄧˋ）而不反[278]兮，形枯槁（ㄎㄨ ㄍㄠˇ）而獨居。

言我[279]朝往而暮來兮，飲食樂而忘人[280]。

心慊（ㄑㄧㄢˋ）移[281]而不省（ㄒㄧㄥˇ）故[282]兮，交得意[283]而相親[284]。

---

[273] 夫：發語詞，無實義。
[274] 逍遙：緩步慢走的樣子。
[275] 虞：思量。
[276] 魂：夢境。
[277] 逾佚：失散。
[278] 反：同「返」。
[279] 言我：指漢武帝。
[280] 忘人：指陳皇后阿嬌。
[281] 慊移：斷了往來，指漢武帝移情別戀。
[282] 省故：念舊。此處指漢武帝忘記故人。
[283] 得意：稱心如意的人。
[284] 相親：相愛。

〈長門賦〉

【譯文】

哪裡的美人，玉步輕移獨自思量。

彷彿丟了魂一樣不返回，面色憔悴一人獨居。

我曾經早上離開晚上又來看望，卻因為有了新歡忘了故人。

從此與我斷了音訊不再相見，結識別的女子並相愛。

【延伸】

〈長門賦〉是宮怨題材的大手筆，深刻的影響了後世的宮怨詩。作品的第一部分將宮廷內的景物和人物的內心結合起來，以景入情，以心寓景，達到情景交融的效果。作品開頭寫陳皇后獨居於冷宮，神思恍惚，孤獨的徘徊著，把一個倍遭冷落女子的淒涼形象，勾勒的出神入化，令人頓生惻隱之心。接著寫被拋棄的原因，原來是君王有了新人，因而忘記了故人。尤其是「飲食樂而忘人」、「交得意而相親」，寫出了「只聞新人笑，不聞舊人哭」的人世悲哀。

伊[285]予[286]志之慢愚[287]兮，懷貞愨[288]（ㄑㄩㄝˋ）之懽[289]心。

---

[285]　伊：發語詞，無實義。
[286]　予：指陳皇后。
[287]　慢愚：反應慢、遲鈍。
[288]　貞愨：忠誠篤厚。
[289]　懽：同「歡」。

願賜問[290]而自進[291]兮，得尚[292]君之玉音。

奉虛言[293]而望誠[294]兮，期城南之離宮[295]。

修[296]薄具[297]而自設兮，君[298]不肯乎幸臨[299]。

廓[300]（ㄎㄨㄛˋ）獨潛[301]而專精[302]兮，天漂漂[303]而疾風。

登蘭臺[304]而遙望兮，神怳（ㄏㄨㄤˇ）怳[305]而外淫[306]（ㄧㄣˊ）。

浮雲鬱[307]而四塞[308]（ㄙㄜˋ）兮，天窈（ㄧㄠˇ）窈[309]而晝陰。

雷隱隱[310]而響起[311]兮，聲像君之車音。

- [290] 賜問：指得到漢武帝的垂問。
- [291] 自進：前去進見。
- [292] 尚：奉。
- [293] 奉虛言：得到虛假的承諾。
- [294] 望誠：希望，當做是真實。
- [295] 離宮：指皇帝正式宮殿之外的別宮，此處指長門宮。
- [296] 修：整治。
- [297] 薄具：指簡陋的飲食，這是自謙的一種表達。
- [298] 君：指漢武帝。
- [299] 幸臨：榮幸的來臨。
- [300] 廓：空闊。
- [301] 獨潛：一個人深居。
- [302] 專精：用心專一，此處指思念皇帝。
- [303] 漂漂：同「飄飄」。
- [304] 蘭臺：指精美的臺榭。
- [305] 怳怳：同「恍恍」，形容心神不定。
- [306] 淫：遊走。
- [307] 鬱：鬱積。
- [308] 四塞：形容烏雲密布。
- [309] 窈窈：形容幽暗。
- [310] 隱隱：形容沉重的雷聲。
- [311] 起：開。

〈長門賦〉

飄風回而赴闈[312]兮，舉帷幄[313]（ㄨㄟˊ ㄨㄛˋ）之襜（ㄔㄢ）襜[314]。

桂樹交[315]而相紛[316]兮，芳[317]酷烈之闇（一ㄣˊ）闇[318]。

孔雀集而相存[319]兮，玄猿[320]嘯而長吟。

翡翠[321]脅（ㄒ一ㄝˊ）翼[322]而來萃[323]（ㄘㄨㄟˋ）兮，鸞鳳[324]飛而北南[325]。

【譯文】

我的反應是多麼遲鈍，只知道懷著忠誠博取君王的歡心。
願賜給我機會讓我觀見，願得到君王的回音。
明知是虛假的話仍然那麼誠懇，期望在城南的離宮相會。
整治簡陋的飲具等待著，君王卻不肯光臨。
空曠的宮殿我獨居著仍心懷專一，冷颼颼的風吹著門。
登上蘭臺眺望，神思恍惚好像夢遊。

---

[312] 闈：宮內的小門。
[313] 帷幄：宮殿的帷幔。
[314] 襜襜：形容搖動的樣子。
[315] 交：交錯。
[316] 相紛：重疊。
[317] 芳：香味。
[318] 闇闇：形容香氣十分濃烈。
[319] 存：恤問。
[320] 玄猿：黑色的猿。
[321] 翡翠：鳥的名字。
[322] 脅翼：收斂翅膀。
[323] 萃：停息。
[324] 鸞鳳：鸞鳥和鳳凰。
[325] 飛而北南：飛到北方又飛到南邊。

《楚辭》後語

　　浮雲遮蔽了四方，天空幽暗瞬間變成了陰天。

　　遠處沉悶的雷聲響起，聲響彷彿君王你的車輪。

　　冷風迴旋著吹進了我的門，吹的宮裡的帷幕飄了起來。

　　桂樹被風吹的不停搖晃相觸，濃烈的香氣四溢。

　　孔雀紛紛落在樹上相互問候，黑色的猿猴發出了悲哀的長鳴。

　　翡翠鳥收攏翅膀落在樹上，鳳凰從北飛到南，又從南飛到北。

【延伸】

　　詩歌的第二部分，以更為立體的方式塑造了一個渴盼情郎的女子形象，她登上樓臺，看到天風迴盪，陰雲四起，心不由的揪住了，隱約的雷聲讓她誤以為是郎君的車駕，這時候，她的心都要飛出來了。但詩人並未直接寫心情，而是以風吹進了宮室，吹動帷幔，桂樹散發香氣，孔雀相互致意，來表達這種心情。但這一切只是幻想，詩人以猿猴的悲哀嘶鳴，將情緒降落到冰點，這一段寫的跌宕起伏，極具藝術的感染力。

　　心憑[326]噫[327]（一）而不舒兮，邪（ㄒㄧㄝˊ）氣壯[328]而攻中[329]。

---

[326]　憑：氣滿。
[327]　噫：嘆氣。
[328]　壯：盛。
[329]　攻中：氣攻心。

〈長門賦〉

下蘭臺而周覽兮，步從容[330]於深宮。

正殿塊[331]以造天[332]兮，鬱[333]並起而穹（ㄑㄩㄥˊ）崇[334]。

間[335]徙倚[336]（ㄒㄧˇ ㄧˇ）於東廂兮，觀夫靡（ㄇㄧˊ）靡[337]而無窮。

擠玉戶以撼[338]金鋪兮，聲噌吰[339]（ㄔㄥ ㄏㄨㄥˊ）而似鐘音。

【譯文】

內心的傷感久久不能平息，鬱積之氣傷害著內心。
走下蘭臺茫然無助，久久的徘徊於深宮。
高大的宮殿彷彿直達天際，高聳的殿頂觸到了天穹。
間或移步到東邊的宮室，看著這繁華世間傷心。
玉雕的門和黃金殿，回聲彷彿洪亮的鐘鳴。

---

[330] 步從容：形容走路的步態。
[331] 塊：形容屹立的樣子。
[332] 造天：及天。造：到、達。
[333] 鬱：形容宮室雄偉。
[334] 穹崇：形容高大的樣子。
[335] 間：間或。
[336] 徙倚：徘徊。
[337] 靡靡：纖美的樣子。
[338] 撼：動。
[339] 噌吰：指鐘聲。

063

《楚辭》後語

刻木蘭以為榱[340]（ㄘㄨㄟ）兮，飾文杏[341]以為梁。

羅[342]丰茸[343]（ㄖㄨㄥˊ）之游樹[344]兮，離樓[345]梧[346]而相撐。

施瑰木[347]之欂櫨[348]（ㄅㄛˊ ㄌㄨˊ）兮，委[349]參差[350]（ㄘㄣ ㄘ）以槺[351]（ㄎㄤ）梁。

時彷彿以物類兮，象積石[352]之將（ㄑㄧㄤ）將[353]。

五色炫[354]以相曜[355]（ㄧㄠˋ）兮，煥爛燿而成光。

致[356]（ㄓˋ）錯石[357]之瓴甓[358]（ㄌㄧㄥˊ ㄆㄧˋ）兮，象瑇瑁[359]（ㄅㄞˋ ㄇㄠˋ）之文章[360]。

---

[340] 榱：房椽。
[341] 文杏：樹木名，或說指銀杏樹。
[342] 羅：集。
[343] 丰茸：裝飾繁密的樣子。
[344] 游樹：浮柱，屋梁上的短柱子。
[345] 離樓：又寫作「離摟」，眾木交加的樣子。
[346] 梧：屋梁上的斜柱子。
[347] 瑰木：瑰奇的木頭。
[348] 欂櫨：柱上承梁的短木，指斗拱。
[349] 委：堆積。
[350] 參差：指斗拱縱橫交錯的樣子。
[351] 槺：同「㝩」，空虛。
[352] 積石：指積石山，位於今甘肅省臨夏州境西界。
[353] 將將：形容高峻。
[354] 炫：明亮。
[355] 曜：照耀。
[356] 致：緻密。
[357] 錯石：鋪設石頭。
[358] 瓴甓：磚瓦。
[359] 瑇瑁：即玳瑁。
[360] 文章：花紋。

064

〈長門賦〉

張羅綺[361]之幔帷[362]（ㄇㄢˋ ㄨㄟˊ）兮，垂楚組[363]之連綱[364]。

【譯文】

雕刻木蘭製成宮殿的椽子，裝飾文杏木做梁。

繁複的花紋飾滿了浮柱，密集的斜柱相互支撐。

珍貴的瑰木製成斗拱，縱橫交錯一層高於一層。

朦朧中彷彿靈動的聚集，宛若積石山那樣高峻。

色彩絢爛而光華四射，閃爍著璀璨的光。

緻密的堅石鋪地上，好的轉砌成牆，彷彿玳瑁上美麗的花紋。

開啟珍貴的絲綢帷帳，玉帶將它們懸掛在兩旁。

【延伸】

作品的第三部分，極盡渲染宮殿的華美和壯麗，從宮殿椽子、棟梁所用的名貴木材，到裝飾繁複的花紋，各種柱子、砌牆和鋪地的磚石，一直寫到宮內的帷幕。其目的都在於表達，如此華麗壯美的宮室，卻居住著一個孤獨寂寞的人。以宮殿之壯麗，來襯托人的孤獨，展現出人物內心的巨大落差。

---

[361] 羅綺：帶花紋的絲織品。
[362] 幔帷：宮廷內的帷幕。
[363] 楚組：楚地生產的、用來繫帷幕的帶子。組，綬帶。
[364] 連綱：連結幔帷的繩。

065

撫[365]柱楣[366]（ㄇㄟˊ）以從容兮，覽曲臺[367]之央央[368]。

白鶴噭[369]（ㄐㄧㄠˋ）以哀號兮，孤雌[370]（ㄘˊ）跱[371]（ㄓˋ）於枯楊。

日黃昏而望絕[372]兮，悵[373]（ㄔㄤˋ）獨託[374]於空堂。

懸明月以自照兮，徂[375]（ㄘㄨˊ）清夜於洞房。

援雅琴以變調兮，奏愁思之不可長。

案[376]流[377]徵[378]（ㄓˇ）以卻轉兮，聲幼（ㄧㄠ）妙[379]而復揚。

貫[380]歷覽其中操兮，意慷慨（ㄎㄤ ㄎㄞˇ）而自卬[381]（ㄤˊ）。

[365]　撫：撫摸。
[366]　柱楣：柱子和門楣。
[367]　曲臺：長安城內的宮殿名。
[368]　央央：形容廣大的樣子。
[369]　噭：鳥的鳴叫。
[370]　孤雌：失去配偶的雌鳥。
[371]　跱：同「峙」，立。
[372]　望絕：望而不得。
[373]　悵：悲傷。
[374]　託：託身。
[375]　徂：往，此處指經歷。
[376]　案：同「按」，彈奏。
[377]　流：轉調。
[378]　徵：古琴的徵調式。
[379]　幼妙：同「要妙」，聲音輕而細。
[380]　貫：連貫。
[381]　自卬：對自己激勵。

左右[382]悲而垂淚兮，涕[383]流離[384]而從橫[385]。

舒[386]息悒[387]（ㄧˋ）而增欷[388]（ㄒㄧ）兮，蹝（ㄒㄧˇ）履[389]起而彷徨（ㄆㄤˊ ㄏㄨㄤˊ）。

投長袂[390]（ㄇㄟˋ）以自翳[391]（ㄧˋ）兮，數[392]昔日之諐殃[393]（ㄑㄧㄢ ㄧㄤ）。

無面目之可顯兮，遂頹（ㄊㄨㄟˊ）思而就床。

摶[394]（ㄊㄨㄢˊ）芬若[395]以為枕兮，席荃（ㄑㄩㄢˊ）蘭而茝（ㄔㄞˇ）香。

【譯文】

撫摸著門前的柱子徘徊，宮室廣闊而寂寞。

白鶴發出長長的哀鳴，孤單的鳥棲在枯死的樹上。

黃昏的太陽落山了，希望也絕滅，內心的惆悵託付於空房。

只有天上的月亮照著我，清冷的光輝照進了我的窗。

抱瑤琴彈奏傷心的音樂，調子中的愁思怎能那麼長。

[382]　左右：身邊的人。
[383]　涕：眼淚。
[384]　流離：流淚的樣子。
[385]　從橫：同「縱橫」。
[386]　舒：展。
[387]　息悒：憂悶嘆息。
[388]　欷：抽泣聲。
[389]　蹝履：鞋子還沒來得及穿好就舉步行路。形容匆忙的樣子。
[390]　袂：衣服的袖子。
[391]　自翳：掩住自己的臉。翳，遮蔽。
[392]　數：回想。
[393]　諐殃：過失和罪過。諐，同「愆」。
[394]　摶：攏住。
[395]　芬若：香草之名。

按彈樂曲轉了音,從輕而微的曲調轉向飛揚。

連貫的過往中有愛與忠誠,意氣慷慨而激昂。

左右的宮女們聽了都流下眼淚,涕淚橫流的場景一片悲愴。

吐出內心的憂鬱卻增添了憂傷,穿上鞋子在宮室內徬徨。

舉起衣袖遮住臉上的淚痕,一再思量昔日的跋扈和過失。

沒有顏面再見人,只好頹廢的上床就寢。

攏起香花做成的枕頭,蓆子上散發著蘭茝的氣息。

【延伸】

作品的第四部分,寫人物站在曲臺上,眺望著殿角重疊的重重宮殿,聽到了仙鶴和孤獨的鳥鳴叫。黃昏時的她,就像枯枝上那隻失去配偶的鳥一樣。「懸明月以自照兮,徂清夜於洞房。」在這裡,寫到月亮就有了特別的意義,對人類短暫的一生而言,月亮無疑是一個永恆的存在,因而古往今來的詩人也好,情人也好,遊子也好,都對月亮寄託美好的寓意,其動因就在於永恆性。孤獨的人,面對月亮這個永恆不變的存在,會倍加孤獨。人會變,世界也在一刻不停的運動,處於流變之中,而月亮卻是不變的。可以說,懸月自照,清夜洞房這個意象,是這篇賦中最令人心折的地方。

作品並未停留在月光這個地方,而是寫到了彈琴。古人非常含蓄,彈琴是寄託情感的一種方式。詩中從琴聲變化,寫到宮女們臉上的淚水,使冷宮裡的淒涼場景更加深了一層。

忽寢寐而夢想兮，魄[396]若君之在傍。

惕寤[397]覺以無見[398]兮，魂迋（ㄍㄨㄤˇ）迋[399]若有亡。

眾雞鳴而愁予[400]兮，起視月之精光[401]。

觀眾星之行列兮，畢昴[402]（ㄇㄠˇ）出於東方。

望中庭之藹藹[403]兮，若季秋[404]之降霜[405]。

夜慢慢[406]其若歲[407]兮，懷鬱鬱[408]其不可再更[409]。

澹[410]偃蹇[411]（一ㄢˇ ㄐㄧㄢˇ）而待曙兮，荒[412]亭亭[413]而復明。

妾人[414]竊自悲兮，究[415]年歲而不敢忘。

[396] 魄：本義為魂魄，此處指夢境。
[397] 惕寤：突然醒來。
[398] 無見：指一切都無所見。
[399] 迋迋：形容恐懼。
[400] 愁予：使我憂愁。
[401] 月之精光：指月光。
[402] 畢昴：古代兩種星宿名，屬西方七宿。農曆五、六月間出現在東方。
[403] 藹藹：形容月光微弱。
[404] 季秋：深秋。
[405] 降霜：形容月光落在地上，像霜一樣。
[406] 慢慢：同「漫漫」，形容夜晚漫長。
[407] 若歲：彷彿經歷了一年。
[408] 鬱鬱：愁苦鬱積不得散。
[409] 更：經歷。
[410] 澹：形容搖動。
[411] 偃蹇：佇立的樣子。
[412] 荒：亮又微暗的樣子。
[413] 亭亭：形容久遠。
[414] 妾人：陳阿嬌自稱，屬謙辭。
[415] 究：終。

【譯文】

忽然從睡夢中醒來,朦朧中彷彿在你身旁。
驀然驚醒一切都無所見,神思恍惚若有所失。
雞啼而我的內心依舊充滿愁緒,起來看那一片月光。
看星辰陳列於蒼穹,畢星、卯星移往東方。
中庭的月光如同輕紗,宛若深秋的寒霜。
漫漫長夜彷彿又過了一年,心中的愁思還能有多少。
在夜氣中佇立著等待天明,微茫幽遠似亮未亮。
我暗自這樣悲傷,終年終歲也不能把你忘。

【延伸】

陳阿嬌出身顯赫,她的母親劉嫖是漢文帝與竇皇后的女兒,漢景帝的姐姐,漢武帝的姑姑,被封為館陶公主,地位與諸侯王相同。她的父親堂邑侯陳午是漢初開國功臣陳嬰的後代,是世襲的第三代侯爵。陳阿嬌少年時,同樣年少的劉徹跟著母親王夫人到姑母家作客,姑母劉嫖開玩笑說:「你喜歡阿嬌嗎?」劉徹說:「如果能娶阿嬌,我願意造一座金屋。」這就是「金屋藏嬌」的典故。劉徹的回答令姑母非常高興,從而結下了這門親事。

金屋藏嬌這個故事發生時,劉徹還只是膠東王,他的父親漢景帝當時所立的太子是劉榮。館陶公主曾經想和劉榮的母親慄姬談婚事,但遭到慄姬的拒絕,這令館陶公主非常憤怒。她

利用自己在哥哥面前的影響力，不斷說劉徹母親王夫人十分賢德，從而使漢景帝的目光轉向了劉徹。後來太子劉榮被廢黜，劉徹被立為太子，陳阿嬌也成了太子妃。可以說，漢武帝劉徹能繼承皇位，他的姑母館陶公主劉嫖居功至偉。因此，漢武帝即位後，在姑母的封號前加封「大」字，從而上升到公主的最高一級。順理成章，劉徹當了皇帝後，太子妃阿嬌也成了皇后。年輕夫妻，再加上這層政治關係，前10年，漢武帝劉徹和皇后陳阿嬌的關係十分親密。然而，大長公主劉嫖非常有政治頭腦，從漢武帝手中獲取了大量財富，且為人十分跋扈，這就遭到漢武帝的厭惡，也影響了與皇后的關係。

　　皇后陳阿嬌多年無子，而另一個妃子衛子夫（西漢名將衛青的姐姐）就引起了皇后的妒忌。由於諸多事端，最終陳阿嬌被廢黜，從皇后的宮殿移居到別宮長門宮。而這篇作品，就是在這種背景下誕生的。雖為代寫之作，但卻深切的反映出女性內心的哀婉與淒涼。陳皇后與漢武帝十年夫妻，情深自不待言，她被廢居冷宮，經常在夢魂之中感覺丈夫就躺在身邊，「忽寢寐而夢想兮，魄若君之在傍」，這是充滿體驗感的文學表達手法。可以說，這超越了時間，無論是古代也好，還是現代也好；富貴者也好，普通人也好，離散後都會產生這種心理感受。

　　在這個部分，詩人再一次寫到了月亮，「眾雞鳴而愁予兮，起視月之精光」、「望中庭之藹藹兮，若季秋之降霜」。把月

光當寒霜，以李白的「疑是地上霜」這個句子知名度最高。然而，這種句法的先河，很可能自司馬相如而始創，他賦予了月亮下個體的心理體驗，自他而後，月亮成為一個巨大的文化符號，曹子桓的「秋風蕭瑟天氣涼，草木搖落露為霜」，杜甫的「露從今夜白，月是故鄉明」，溫庭筠的「雞聲茅店月，人跡板橋霜」，張繼的「月落烏啼霜滿天，江楓漁火對愁眠」，無不「月與霜齊」，都堪稱千古佳句，而祖師爺就在司馬相如那裡。

作品的最後，儘管被拋棄的人苦度荒年，但仍然懷著幾乎不具有可能性的希冀。「澹偃蹇而待曙兮，荒亭亭而復明」，以這種方式，這位女子度過了自己的後半生。兩千年時光宛若一瞬，透過詩行，我們仍舊能感受到這種悵然，彷彿她依舊活在文字的另一端。

〈思玄賦〉

【作者及作品】

　　作者張衡，是東漢時期的文學家、科學家。朱熹《楚辭集注》中說，漢順帝詔命張衡進入內廷，向他諮詢國政，尤其是問到社會最大的病症是什麼，掌權的大太監們怕張衡把矛頭指向他們，因而紛紛側目，向張衡使眼色。張衡害怕太監們陷害自己，隨便說了一通作為應對。儘管這樣，張衡離開後，太監們仍然在皇帝面前說了他一堆壞話，來詆毀他。張衡想到黑暗的太監政治，不知吉凶，內心恐懼不安，因而寫了這篇文章明志。宋代學者朱熹《楚辭集注》之〈後語〉中收錄了此篇，但無賦前小序。

　　衡[416]常思圖身之事，以為吉凶倚伏，幽微難明，乃作〈思玄賦〉，以宣寄情志。其辭曰：

【譯文】

　　我常常思慮圖謀全身之事，以為吉凶變幻無定，隱微難以明知，於是作〈思玄賦〉，以宣示寄託情志。賦的辭文說：

---

[416]　衡：張衡自稱。

仰先哲之玄訓兮，雖彌高[417]其弗（ㄈㄨˊ）違。
匪[418]（ㄈㄟˇ）仁里[419]其焉宅兮？匪義跡[420]其焉追？

【譯文】

仰慕前代哲人的玄妙訓導，雖然高深但我也不會背離。

若不是仁人安居的地方，我將在哪裡安家？若無偉大的遺風，我將追隨誰？

潛服膺[421]（ㄧㄥ）以永靚（ㄐㄧㄥˋ）兮，綿[422]日月而不衰。
伊[423]中情之信修兮，慕古人之貞節。

【譯文】

深刻的誠服以永遠審其義，連綿的歲月永遠不會衰減。

我內心真誠地愛好美好的德行，思慕古人堅貞的節操。

[417]　彌高：先賢學問高深。最早見於《論語·子罕》：「仰之彌高，鑽之彌堅」，是孔子的弟子讚揚先生學問之高的話。
[418]　匪：通「非」。
[419]　仁里：仁人所居之地。
[420]　義跡：義人留下的遺跡。
[421]　服膺：心中誠服。
[422]　綿：連綿。
[423]　伊：這，作者稱自己。

竦（ㄙㄨㄥˇ）余身[424]而順[425]止兮,遵繩墨[426]而不跌[427]。

志團團[428]以應懸[429]兮,誠心固其如結。

【譯文】

我恭敬而順應禮法,遵守法度規矩而不曾有錯。

情志專一遵循先人的教訓,誠心堅定彷彿解不開的繩結。

旌[430]（ㄐㄧㄥ）性行[431]以製佩兮,佩夜光[432]與瓊枝。

繫[433]（ㄒㄨㄟˋ）幽蘭之秋華[434]兮,又綴之以江離[435]。

【譯文】

為了昭彰節操而製作玉佩,佩戴夜明珠和玉樹花。

腰間懸著秋天的幽蘭之花,又連綴著香草江離為帶子。

- [424] 竦余身:恭謹自己的行為。
- [425] 順:循。
- [426] 繩墨:木工打線的工具,此處比喻規矩和法度。
- [427] 跌:失足,此處指差失。
- [428] 團團:形容物體下垂。
- [429] 應懸:比喻志向好像繩子下懸掛之物。指先賢垂訓,繩子是訓誡,繩子動則物品也跟著動。
- [430] 旌:彰明。
- [431] 性行:品格和行為。
- [432] 夜光:明珠之名。
- [433] 繫:繫。
- [434] 秋華:秋天的花。「華」同「花」。
- [435] 江離:香草之名。

075

美襲（ㄅㄧˋ）積[436]以酷烈[437]兮，允[438]塵邈[439]（ㄇㄧㄠˇ）而難虧。

既姱（ㄎㄨㄚ）麗而鮮雙兮，非是時之攸[440]（ㄧㄡ）珍。

【譯文】

美麗的香草堆積在一起香氣濃烈，實在是能保持很久而不消散。

既美麗而絕世無雙，不是時俗所看重的那一類。

奮余榮[441]而莫見兮，播[442]余香而莫聞。

幽獨守此仄（ㄗㄜˋ）陋[443]兮，敢怠（ㄉㄞˋ）皇而舍勤？

【譯文】

開放我的花朵而無人看見，散發我的香味而無人聞到。

幽然獨居住在荒村郊野，哪敢怠惰荒廢而捨棄勤奮呢？

---

[436]　襲積：袍子上摺疊的痕跡或皺紋，用衣服比喻品格。
[437]　酷烈：香氣濃郁。
[438]　允：信實。
[439]　塵邈：久遠。
[440]　攸：所。
[441]　榮：花盛。
[442]　播：散。
[443]　仄陋：同「側陋」，指僻側賤陋的處所。

〈思玄賦〉

幸二八之遻[444]（ㄊㄧˋ）虞兮，喜傅說[445]（ㄩㄝˋ）之生殷（ㄧㄣ）。

尚[446]前良之遺風兮，恫[447]（ㄊㄨㄥ）後辰[448]而無及。

【譯文】

慶幸八愷、八元等俊傑遇到了舜帝，喜悅的是傅說生在殷商。

羨慕前賢留下的風尚，痛心自己降生太晚沒趕上好時代。

何孤行之煢（ㄑㄩㄥˊ）煢[449]兮，子[450]（ㄐㄧㄝˊ）不群而介[451]立。

感鸞鷖[452]（ㄌㄨㄢˊ ㄧ）之特[453]棲兮，悲淑[454]人之稀合[455]。

[444]　遻：遇。
[445]　傅說：本為築牆的奴隸，得到殷王武丁重用，成為名相。
[446]　尚：慕。
[447]　恫：痛。
[448]　後辰：出生的晚。
[449]　煢煢：形容孤獨無依靠。
[450]　孑：獨。
[451]　介：孤單。
[452]　鸞鷖：指鳳凰類的神鳥。
[453]　特：獨。
[454]　淑：善。
[455]　合：遇合。

《楚辭》後語

【譯文】

那麼多日的孤單獨行，孑然一身卓然不群。
有感於鳳凰特立獨行，悲傷美善的君子孤立寡合。

【延伸】

第一部分，詩人直抒胸臆，說自己仰慕先賢的品德和遺風，並以沒有趕上舜帝和殷高宗武丁的時代而遺憾，表達了賢臣難遇明君的苦悶。漢人之追捧屈原，在文學上的效法，是後世文學創作者所無法比擬的，張衡此篇的開篇，寫作手法、意象都出於屈原。就連「舜帝」和「傅說」這兩個典故，也是屈原所喜愛用的。歷數中國古代史，以東漢士人節操最著，勇於批評強權者，包括對皇帝的批評。詩人說自己沒趕上好時代，言下之意就是當時漢帝國的統治者是昏主，而朝臣則是佞臣。這種直接的文學表達法，是明清時期集權下所不可能想像的。

彼[456]無合其何傷兮？患眾偽之冒真。
旦[457]獲讟[458]（ㄉㄨˊ）於群弟兮，啟金縢[459]（ㄊㄥˊ）而乃信。

---

[456]　彼：指淑人賢士。
[457]　旦：周公旦。
[458]　讟：誹謗。
[459]　金縢：用金封住、裝有重要文件的匣子

〈思玄賦〉

【譯文】

淑人君子又有什麼可傷感的?擔憂的是眾小人冒充賢人。

周公旦遭到眾弟的詆毀,開啟封住的文書箱才知真相並重獲信任。

覽烝[460](ㄓㄥ)民之多僻[461]兮,畏立辟[462]以危身。
曾煩毒[463]以迷或兮,羌[464](ㄑㄧㄤ)孰可與言己?

【譯文】

看到民眾行為邪僻,畏懼眾人立法危及己身。
增加煩憂而迷惑,與誰可以說幾句推心置腹的話?

私湛[465]憂而深懷[466]兮,思繽紛[467]而不理。
願竭力以守義兮,雖貧窮而不改。

【譯文】

私下憂慮而深深懷念,思維混亂理不出頭緒。
只願盡力堅守大義,雖然貧窮也不改本心。

[460] 烝:眾。
[461] 僻:邪。
[462] 立辟:立法。
[463] 煩毒:煩擾。
[464] 羌:發語詞,無實義。
[465] 湛:深。
[466] 懷:思。
[467] 繽紛:紛亂的樣子。

《楚辭》後語

> 執雕虎[468]而試象[469]兮,跕(ㄉㄧㄢˋ)焦原[470]而跟止。
> 庶[471]斯奉以周旋兮,要[472]既死而後已。

【譯文】

雖然貧窮仍然竭盡全力,堅守腳跟踏上焦原的大義。
希望這樣遵奉行止周旋於世,發誓守約到死才罷休。

> 俗遷渝[473](ㄩˊ)而事化兮,泯規矩[474]之圓方。
> 珍蕭艾[475]於重笥(ㄙˋ)兮,謂蕙(ㄏㄨㄟˋ)芷[476](ㄓˇ)之不香。

【譯文】

改變原來的習俗使事物變化,泯滅規矩使法度改變。
珍惜普通的草而放進兩層竹編的衣箱,竟然說香蕙和白芷沒有芬芳。

---

[468] 雕虎:帶花紋的老虎。李善注釋,雕虎比喻貧窮。
[469] 試象:李善注,比喻竭力。
[470] 焦原:根據《尸子》一書所記載,莒國有一塊大石頭,名叫焦原,長五十步,下臨數千尺的深澗,沒有人敢走到石頭的邊緣。有個勇士,竟然獨自走到邊上,因此著稱於世。後世以踵齊焦原的勇氣,來比喻大義。李白〈梁父吟〉:「手接飛猱搏雕虎,側足焦原未言苦」,用的也是這個典故。
[471] 庶:副詞,表希望。
[472] 要:約。
[473] 遷渝:移動、改變。
[474] 規矩:圓規和尺,此喻法度。
[475] 蕭艾:兩種普通的草名,此處指小人。
[476] 蕙芷:兩種香草名,用來比喻賢人。以香草美人喻君子、賢人,是屈原開創的傳統。

斥西施而弗御兮,羈(ㄐㄧ)袅以服[477]箱。
行陂僻[478]而獲志兮,循法度而離殃。

【譯文】

斥責西施而不臨幸,為名馬要袅套籠頭拉重車。
行為邪僻反而得到重用,遵守法度反而遭受禍患。

惟[479]天地之無窮兮,何遭遇之無常?
不抑操而苟容兮,譬臨河而無航[480]。

【譯文】

思天地無邊無際,為何人生遭遇這麼無常?
不損害情操苟且求容,譬如到了河邊卻沒有船。

欲巧笑[481]以干媚兮,非余心之所嘗。
襲[482]溫恭[483]之黻(ㄈㄨˊ)衣兮,披禮義之繡裳[484]。

---

[477]　服:駕車。
[478]　陂僻:邪僻。
[479]　惟:思。
[480]　航:舟船。
[481]　巧笑:絮然微笑,此處有貶義,有諂媚之義。
[482]　襲:穿著。
[483]　溫恭:溫良恭敬。
[484]　繡裳:繡有美麗花紋的衣服。

081

【譯文】

想要陪笑獲取寵愛，這不是我內心所想要的。

穿上看起來恭順的禮服，披上展現禮和仁義的衣裳。

辮[485]貞亮以為鞶（ㄆㄢˊ）兮，雜技藝以為珩[486]（ㄏㄥˊ）。

昭[487]彩藻[488]與雕琢兮，璜（ㄏㄨㄤˊ）聲遠而彌長。

【譯文】

編織貞節誠信為衣帶，錯雜技藝成玉珮。

昭彰閃亮的配飾和綬帶，玉璜鏘鏘的聲音悠長而清越。

淹[489]棲遲以恣（ㄗˋ）欲兮，燿（一ㄠˋ）靈忽其西藏。

恃己知[490]而華予兮，鶗鴂（ㄊㄧˊ ㄐㄩㄝˊ）鳴而不芳。

【譯文】

長久出遊和停歇隨心所欲，落日停在西邊的山崗。

靠著知己使我得以重用，杜鵑鳴叫後百草凋謝不芳。

---

[485]　辮：交織、編織。
[486]　珩：古代一組玉佩上端的橫玉。
[487]　昭：彰明。
[488]　彩藻：美麗的飾物，此處為泛指。
[489]　淹：久。
[490]　己知：知己。

〈思玄賦〉

冀一年之三秀[491]兮，道[492]（ㄑㄧㄡˊ）白露之為霜。
時亶（ㄉㄢˇ）亶而代序[493]兮，疇（ㄔㄡˊ）可與其比伉（ㄎㄤˋ）？

【譯文】

希望花一年三次開放，畏懼於白露凝結成霜。
四時循環不停而依次更替，誰可與之並列匹敵？

諮[494]妒嫭（ㄏㄨˋ）之難並兮，想依韓以流亡。
恐漸冉[495]（ㄖㄢˇ）而無成兮，留則蔽而不章。

【譯文】

嘆息美人受妒忌難並行，想追隨神仙韓眾一起周遊。
擔心時間慢慢消逝學仙不成，留下則被雪藏而不得實現志向。

【延伸】

第二部分，開頭引用了「周公畏懼流言」的典故，暗指自己遭到太監們的詆毀和誹謗。這個典故是說，周武王死後，年幼的周成王登基，由武王的弟弟周公旦執政，他的三個弟弟不

[491]　秀：開花。
[492]　道：迫。
[493]　代序：依次更替。
[494]　諮：嘆。
[495]　漸冉：時光漸漸逝去。

083

滿他的執政地位,就造謠說他想篡位,即便是周公這樣的智者,也憂懼不已。同時,這些謠言也引起了朝臣和年幼的成王的疑慮,直到三個弟弟發動叛亂,周公將叛亂平息,並將封存在祕密的檔案盒中的檔案拿出來公布,才洗刷了他的冤屈,重新得到大家的信任。

詩人使用大量的典故和意象,反覆說,自己不會為了得到進用而改變節操。就算是帝王們喜歡諂媚的人,他也不會把諂媚當做敲門磚。

> 心猶與[496]而狐疑兮,即岐(ㄑㄧˊ)阯(ㄓˇ)而攄[497](ㄕㄨ)情。
> 文君[498]為我端蓍(ㄑㄧˊ)兮,利飛遁[499]以保名。

【譯文】

心裡猶豫而充滿懷疑,到岐山腳下陳情請決。

周文王為我算了一卦,「遁卦」說遠走高飛有利於保全名聲。

歷眾山以周流兮,翼迅風以揚聲。

---

[496]　猶與:同「猶豫」。
[497]　攄:抒發。
[498]　文君:指周文王。
[499]　遁:《易經》六十四卦之一卦名。

〈思玄賦〉

二女感[500]於崇嶽兮,或[501]冰折而不營。

【譯文】

(卦象)翻越群山四處周遊,藉著風張開翅膀聲名顯揚。
二女有感於山太高,又寒冰摧折不可經營。

天蓋[502]高而為澤兮,誰云路之不平!
勱[503](ㄇㄧㄢˇ)自強而不息兮,蹈玉階[504]之嶢崢(ㄧㄠˊ ㄓㄥ)。

【譯文】

天崇尚其高變而為澤,誰說大道不平呢!
勉勵自己不斷努力,想踏著玉階到高峻的地方。

懼筮(ㄕˋ)氏之長短兮,鑽東龜以觀禎[505](ㄓㄣ)。
遇九皋(ㄍㄠ)之介鳥兮,怨素意之不逞[506]。

【譯文】

害怕算卦的人說長道短,鑽烏龜殼看吉凶。
占得了「棲鶴兆」,怨恨平素的志向得不到施展。

[500] 感:感應。
[501] 或:又。
[502] 蓋:尚。
[503] 勱:勤勉。
[504] 階:道。
[505] 禎:吉祥。
[506] 逞:施展。

085

遊塵外而瞥[507]（ㄆㄧㄝ）天兮，據冥翳[508]（ㄇㄧㄥˊㄧˋ）而哀鳴。

鵰鶚[509]（ㄉㄧㄠ ㄜˋ）競於貪婪兮，我修潔以益榮。

「子有故於玄鳥[510]兮，歸母氏[511]而後寧。」

【譯文】

遊戲塵外看到高天，憑據高遠之地而哀鳴。

鵰和鶚這些惡鳥竟逐貪婪，我修美高潔更加光耀。

（文王說）「你的卦象和玄鳥有關，小鳥和母鳥在一起就會獲得安寧。」

【延伸】

第三部分，就像詩人屈原迷惑於世俗而尋求更高的安慰一樣，在長詩〈離騷〉中寫遇見舜帝重華（濟沅湘以南征兮，就重華而敶詞），而詩人張衡則寫自己遇到了善於卜卦的周文王，請這位智者為自己的人生提供建議。

占既吉而無悔[512]兮，簡[513]元辰而俶（ㄔㄨˋ）裝。

---

[507]　瞥：目光掃過。
[508]　冥翳：形容高遠。
[509]　鵰鶚：指兩種猛禽，此處指代小人。
[510]　玄鳥：指仙鶴。
[511]　母氏：比喻道。
[512]　悔：災。
[513]　簡：選擇。

〈思玄賦〉

旦余沐[514]於清原兮，晞（ㄒㄧ）余髮於朝陽。

【譯文】

占卜吉祥沒有什麼可後悔的，選擇日子整理行裝出發。
早晨我在清原洗頭髮，在朝陽下把頭髮晾乾。

漱（ㄕㄨˋ）飛泉之瀝（ㄌㄧˋ）液兮，咀（ㄐㄩˇ）石菌之流[515]英[516]。

翾（ㄒㄩㄢ）鳥舉而魚躍兮，將往走[517]乎八荒[518]。

【譯文】

用飛泉的水漱口，含著長在石頭上靈芝的露水。
鳥高飛魚躍動，我將漫遊於八方荒涼之地。

過少皞[519]（ㄏㄠˋ）之窮野[520]兮，問三丘乎句芒[521]（ㄍㄡ ㄇㄤˊ）。

何道真[522]之淳粹（ㄔㄨㄣˊ ㄘㄨㄟˋ）兮，去穢（ㄏㄨㄟˋ）累而票輕。

[514] 沐：古人將洗頭髮稱為「沐」。
[515] 流：大。
[516] 英：花。
[517] 走：奔赴。
[518] 八荒：泛指荒遠的地方。
[519] 少皞：又寫作少昊，名玄囂，一說名摯，黃帝的長子，號金天氏，又號青陽氏。為神話中的五方上帝之一，稱「白帝」。
[520] 窮野：窮桑之野。
[521] 句芒：少昊的兒子，是東方青帝太昊的佐神，木神、春神。
[522] 道真：大道之真。

087

【譯文】

經過少皞的窮桑之野，向木神句芒詢問三座仙山的位置。
大道真義是純粹的，離開塵世的牽絆飄逸輕揚。

登蓬萊而容與[523]兮，鰲（ㄠˊ）雖抃（ㄅㄧㄢˋ）而不傾。
留瀛（ㄧㄥˊ）洲而採芝[524]兮，聊且以乎[525]長生。

【譯文】

登上蓬萊山安閒自在，神龜背負著蓬萊雖歡欣而不傾覆。
留在瀛洲採集靈芝，姑且用它尋求長生之道。

憑歸雲而遐（ㄒㄧㄚˊ）逝兮，夕余宿乎扶桑[526]。
噏[527]（ㄒㄧ）青岑（ㄘㄣˊ）之玉醴（ㄌㄧˇ）兮，餐沆瀣（ㄏㄤˋ ㄒㄧㄝˋ）以為糧。

【譯文】

駕著飛逝的雲而遠去，晚上住在神木扶桑下。
吸青峰上流下的露水，飲用半夜的水氣果腹。

---

[523] 容與：形容安閒自得。
[524] 芝：靈芝。
[525] 以乎：相當於「用之」。
[526] 扶桑：傳說中的神樹。
[527] 噏：吮吸。

發昔夢於木禾[528]兮，穀[529]崑崙之高崗。
朝吾行於湯谷[530]兮，從伯禹於稽山。
集群神之執玉兮，疾防風[531]之食言。

【譯文】

回憶從前夢中的木禾，木禾生長在神仙居住的崑崙山上。
早晨我從湯谷出發，追隨夏禹到會稽山。
召集執玉持帛的眾神，怨恨防風氏食言晚到。

【延伸】

第四部分，毫無疑問，張衡是屈原的超級大粉絲。這個句式明顯來源於〈少司命〉中的「與女沐兮咸池，晞女髮兮陽之阿」這一句。當然，沐浴這個比喻是屈原的常用表達法，在〈遠遊〉一詩中他有過同樣的表達：「朝濯髮於湯谷兮，夕晞余身兮九陽」，詩人張衡顯然熟知這些「書袋」。

張衡在詩中模仿了屈原雲遊上下四方，與往古聖人與神仙相遇的橋段，說自己經過了白帝少皞之都，遇到木神句芒，且到了蓬萊仙山，獲得能長生的靈芝。吸風飲露，遵從神仙之道。尤其後一句「集群神之執玉兮，疾防風之食言」，融歷史與神話為一體，充滿了想像力。需要注意的是，在一些古代神話中提及的「帝」，也就是「天帝」，並不是一個固定的形象。

[528] 木禾：傳說長在崑崙山上的一種穀。
[529] 穀：生長。
[530] 湯谷：傳說中太陽沐浴的地方。
[531] 防風：指防風氏，大禹在塗山會盟，防風氏來晚了，大禹將他處死。

大禹同樣具有「帝」的身分，在一些文獻中，誅殺防風氏並不是單純的上古歷史，而具有神話色彩。張衡在這裡想像了一個大禹召集諸神來集會的場景，神仙們帶著玉和帛來進獻，而防風氏巨人竟然遲到了。詩人寫自己「遇神」，採用「穿越」式的手法，彷彿自己親見一般。

指[532]長沙以邪（ㄒㄧㄝˊ）徑兮，存[533]重華乎南鄰。
哀二妃之未從兮，翩儐（ㄅㄧㄣ）處[534]彼湘瀕（ㄅㄧㄣ）。

【譯文】

向長沙的方向奔走，在南面問候舜帝重華。
哀傷娥皇、女英兩位妃子沒有跟著，一起溺死在湘水之濱。

流目覩（ㄊㄧㄠˋ）夫衡[535]阿兮，睹有黎之圮（ㄆㄧˇ）墳。
痛火正[536]之無懷[537]兮，託山陂（ㄆㄧˊ）以孤魂。

【譯文】

放眼眺望衡山山脈，看到有黎倒塌的荒墳。

---

[532] 指：向。
[533] 存：慰問。
[534] 處：居。
[535] 衡：即衡山，位於今湖南衡山縣。
[536] 火正：即祝融，古代主管火的官員，也是司民事的官。
[537] 懷：歸。

〈思玄賦〉

哀痛火神祝融無處可去，在山坡上寄託孤魂。

愁蔚蔚以慕遠兮，越卬（ㄑㄩㄥˊ）州而愉敖（ㄩˊ ㄠˊ）。
躋（ㄐㄧ）日中於昆吾[538]兮，憩（ㄑㄧˋ）炎天[539]之所陶[540]。

【譯文】

愁思纏繞羨慕遠方，穿越卬州而愉悅。
日上中天時登上昆吾山，在南方最炎熱的天氣休息。

揚芒[541]熛（ㄅㄧㄠ）而絳[542]（ㄐㄧㄤˋ）天兮，水泫濦（ㄒㄩㄢˋ ㄩㄣˊ）而湧濤。
溫風翕[543]（ㄒㄧˋ）其增熱兮，愁[544]（ㄋㄧˋ）鬱邑其難聊[545]。
䫏[546]（ㄎㄨㄟ）羈（ㄐㄧ）旅而無友兮，余安能乎留茲[547]？

---

[538] 昆吾：山名，傳說太陽在其上則為日中。
[539] 炎天：指南天。
[540] 陶：炎熾。
[541] 芒：光。
[542] 絳：大紅色。《說文》：「絳，大赤也」。
[543] 翕：聚合。
[544] 愁：憂思。
[545] 聊：依賴。
[546] 䫏：獨。
[547] 茲：此。

091

【譯文】

光芒四射天空變成了赤紅，大水湧動化為波濤。

熱風匯聚天氣酷熱，憂思鬱積難以相依賴。

孤獨的旅人在他鄉沒有朋友，我怎麼能長久留在此處？

【延伸】

第五部分，繼續前一部分關於神話的內容，周流天下，一直到了南方炎熱的地帶，詩中的衡阿、湘水、祝融，都是南方的象徵。起首用了舜帝二妃娥皇、女英的傳說。舜帝出巡到蒼梧山，病死了，他的兩個妃子娥皇和女英趕到後，痛哭流涕，淚水落在竹子上，斑斑點點，形成了湘妃竹。不過二女投水之說，鮮見於典籍，包括之後詩句中火神祝融之死，也都乏典，可能來源於一些亡佚的文獻。

顧金天[548]而嘆息兮，吾欲往乎西嬉[549]（ㄒㄧ）。

前祝融使舉麾[550]（ㄏㄨㄟ）兮，纚[551]（ㄕˇ）朱鳥以承旗。

---

[548]　金天：指西方，此處指金天氏少皞。
[549]　嬉：戲耍。
[550]　麾：旗幟，軍中主帥的旗幟，有指揮之用。
[551]　纚：最初指包頭髮的絲織品，後成為冠的代稱。

【譯文】

回頭看著金天氏少皞嘆息,我想到西方去遊歷。

祝融在前面高舉著大旗,朱雀在後面捧帽子張旗。

> 躔(彳ㄢˊ)建木[552]於廣都[553]兮,拓若[554]華而躊躇(彳ㄡˊ 彳ㄨˊ)。
>
> 超[555]軒轅[556]於西海兮,跨沃民之龍魚。
>
> 聞此國之千歲兮,曾[557]焉[558]足以娛余?

【譯文】

經過廣都的神樹建木,採集神樹若木的花朵猶豫不前。

穿過軒轅國到達西海,騎著沃民之國的龍魚。

聽說這些國家的人壽命千歲,這怎不能使我足夠快樂呢?

【延伸】

第六部分,前面寫到南方的遊歷,此處則寫到西方的遊歷,詩中的「金天」、「西海」都是西方的象徵。採集神樹之花,騎著魚跨越大洋的意象,都充滿了浪漫主義氣息。

---

[552] 建木:傳說中的神木,也是大地通往天界的梯子,眾神通過它上下。
[553] 廣都:傳說中南方的山,建木長在山上。
[554] 若:指若木,傳說中的神木,開紅色的花。
[555] 超:越。
[556] 軒轅:此處指傳說中的國名,國中壽命最短的人也有八百歲。
[557] 曾:豈。
[558] 焉:此。

思九土[559]之殊風兮，從蓐（ㄖㄨˋ）收[560]而遂徂。

歘[561]（ㄏㄨ）神化[562]而蟬蛻[563]（ㄔㄢˊ ㄊㄨㄟˋ）兮，朋精粹而為徒。

【譯文】

懷念九州與此處不同的風俗，跟從西方之神蓐收前往。

忽然神化脫去了形體，與天地間的純粹之氣為友。

蹶[564]（ㄐㄩㄝˊ）白門而東馳兮，雲臺[565]行乎中野[566]。

亂[567]弱水之潺湲（ㄔㄢˊ ㄩㄢˊ）兮，逗華陰之湍渚（ㄊㄨㄢ ㄓㄨˇ）。

【譯文】

快速經過白門向東奔馳，我行走在中土。

橫渡奔流的弱水，逗留在華山北面的黃河邊上。

號[568]馮夷俾（ㄅㄧˋ）清津兮，棹（ㄓㄠˋ）龍舟以

---

[559] 九土：九州。
[560] 蓐收：西方白帝少昊的佐神。金神、秋天之神、司刑之神。
[561] 歘：忽然、突然。
[562] 神化：指人的精神變化。
[563] 蟬蛻：蟬脫殼，此處指解脫。
[564] 蹶：急速、突然。
[565] 臺：我。
[566] 中野：中土。
[567] 亂：橫渡。
[568] 號：喊叫。

濟[569]予。

　　會[570]帝軒[571]之未歸兮,悵相佯而延佇(ㄓㄨㄟ)。

【譯文】

　　呼喊水神河伯清理渡口,划著龍舟將我渡過河。

　　恰好黃帝沒回來,遺憾的徘徊著長久佇立。

　　呬(ㄒㄧˋ)河林[572]之蓁(ㄓㄣ)蓁兮,偉〈關雎(ㄐㄩ)〉之戒女。

　　黃靈詹(ㄓㄢ)而訪命兮,摎(ㄐㄧㄡ)天道其焉如[573]?

【譯文】

　　在繁茂的河林樹下休息,讚美《詩經・關雎》中所說的女子之德。

　　黃帝的神靈歸來拜訪,尋求天道應往哪裡去?

　　曰:「近信而遠疑兮,六籍[574]闕(ㄑㄩㄝ)而不書。

　　神逵[575](ㄎㄨㄟˊ)昧其難覆(ㄈㄨˋ)兮,疇(ㄔㄡˊ)克謨而從諸?

---

[569]　濟:渡。
[570]　會:正值。
[571]　帝軒:指黃帝。
[572]　河林:傳說中的木名。
[573]　如:往。
[574]　六籍:《易》、《書》、《詩》、《禮》、《樂》、《春秋》等儒家六經。
[575]　神逵:天道。

095

【譯文】

說：「信任切近懷疑渺遠，《六經》缺失沒有記載。
神道不明難以了解，誰能籌劃就遵從誰？

牛哀[576]病而成虎兮，雖逢昆[577]其必噬[578]（ㄕˋ）。
鱉（ㄅㄧㄝˊ）令殪（ㄧˋ）而屍亡兮，取蜀禪而引[579]世。

【譯文】

牛哀生病後成老虎，雖然遇到哥哥也必定吃掉。
鱉令死後屍體失去，復活後得到蜀帝的王位傳於後世。

死生錯而不齊兮，雖司命[580]其不晰。
竇（ㄉㄡˋ）號[581]行於代路兮，後膺[582]（ㄧㄥ）祚（ㄗㄨㄛˋ）而繁廡。

【譯文】

人的生死錯雜不同，就算是主管命祿的司命神也弄不明白。
竇皇后哭著去往代國，但後來子孫登上皇位並昌盛。

---

[576] 牛哀：姓公牛，名哀，春秋時魯國人。《淮南子·俶真訓》記載的寓言，公牛哀患病，臥床七日後化身為老虎，吃了來看望他的哥哥。
[577] 昆：兄。
[578] 噬：咬、吃。
[579] 引：長。
[580] 司命：神話中的神名，掌管人的壽夭、福祿名冊。
[581] 號：哭。
[582] 膺：當。

王肆侈（ㄔˇ）於漢廷兮，卒銜恤[583]（ㄒㄧㄢˊ ㄒㄩˋ）而絕緒。

尉尨（ㄇㄤˊ）眉而郎潛兮，逮[584]三葉而遘（ㄍㄡˋ）武。

【譯文】

王皇后肆意奢侈於漢朝的皇宮，最後含著憂慮而死斷了後代。

都尉顏駟眉毛花了還在郎署當小官，過了三世才遇到漢武帝。

董弱冠以司[585]衷（ㄍㄨㄣˇ）兮，設王隧[586]（ㄙㄨㄟˋ）而弗（ㄈㄨˊ）處。

夫吉凶之相仍兮，恆[587]反側[588]而靡（ㄇㄧˇ）所。

【譯文】

董賢才弱冠就當了大司馬衛將軍，雖建造了王侯級的墓卻死無葬身之地。

吉和凶是互為因果的，經常反覆無常沒有定數。

---

[583]　恤：憂。
[584]　逮：及。
[585]　司：領受。
[586]　隧：指挖掘的通道，此處指墓道。
[587]　恆：經常。
[588]　反側：反覆。

097

穆負天以悅牛兮，豎亂[589]叔而幽[590]主。

文[591]斷袪（ㄑㄩ）而忌伯兮，閹（一ㄢ）謁（一ㄝˋ）賊而寧後。

【譯文】

叔孫豹夢見豎牛背著他上天，但後來豎牛作亂幽禁了他。

晉文公因勃鞮砍斷自己的衣袖而怨他，勃鞮卻告知他逆賊的消息而使國家安寧。

通人[592]暗於好惡兮，豈愛惑（ㄏㄨㄛˋ）之能剖[593]？

嬴[594]（一ㄥˊ）摘（ㄊ一ˋ）讖（ㄔㄣˋ）而戒胡兮，備諸外而發內。

【譯文】

通達的人尚且囿於自己的好惡，更何況糊塗的人怎能分辨清楚？

秦始皇理解圖讖而戒備胡人，防備外敵卻亡國於兒子胡亥。

---

[589]　亂：謀害。
[590]　幽：囚禁。
[591]　文：指晉文公，名重耳，春秋五霸之一。
[592]　通人：通達的人。
[593]　剖：分辨明析。
[594]　嬴：指秦始皇嬴政。

〈思玄賦〉

或[595]輦(ㄋㄧㄢˇ)賄[596](ㄏㄨㄟˋ)而違車兮,孕行產而為對。

慎[597]灶顯於言天兮,占水火而妄誶(ㄙㄨㄟˋ)。

【譯文】

有人用人力車拉著財物外逃歸還財物的舊約,適逢妻產子於車而又失財。

梓慎、裨灶是通曉大道的人,但卜卦水災火災時都不靈驗。

梁叟患夫黎丘[598]兮,丁厥(ㄐㄩㄝˊ)子而事刃。

親所睇(ㄉㄧˋ)而弗識兮,矧(ㄕㄣˇ)幽冥[599]之可信。

【譯文】

梁國老人憂患黎丘山的鬼,誤將兒子殺了。

親眼看到的都不能辨識,何況幽冥之事怎可信。

[595] 或:有人。
[596] 賄:財。
[597] 慎:春秋時魯國大夫梓慎,著名的陰陽家之一,活躍於魯襄公、魯昭公時期。
[598] 黎丘:地名,位於梁國北部。
[599] 幽冥:昏昧不明。

099

毋綿蠻[600]（ㄌㄨㄢˊ）以浡[601]（ㄒㄧㄥˋ）已兮，思百憂以自疚（ㄐㄧㄡˋ）。

彼天監之孔[602]明兮，用棐（ㄈㄟˇ）忱而佑仁。

【譯文】

莫要被世俗牽制而憂愁，憂愁太多就會生病。

蒼天所視有雙明亮的眼睛，幫助誠實並保佑仁德的人。

湯蠲（ㄐㄩㄢ）體以禱祈兮，蒙厖[603]（ㄆㄤˊ）褫（ㄔˇ）以拯人。

景[604]三慮以營國兮，熒惑（ㄧㄥˊ ㄏㄨㄛˋ）次於它辰。

【譯文】

商湯沐浴身體向蒼天祈禱，蒙受福報而拯救人民。

宋景公多次謀慮為了治國，感動火星移動到其他時辰的地方。

魏顆亮以從理兮，鬼亢（ㄎㄤˋ）回以敝[605]秦。

---

[600] 綿蠻：拘束、牽絆。
[601] 浡：牽制。
[602] 孔：甚。
[603] 厖：大。
[604] 景：指宋景公。
[605] 敝：擊敗。

〈思玄賦〉

咎繇（ㄍㄠ ㄧㄠˊ）邁[606]而種[607]德兮，樹德懋（ㄅㄛˊ ㄇㄠˋ）於英六。

【譯文】

魏顆誠信能遵從事理，鬼絆杜回助他擊敗秦國。

皋陶行為高尚廣布德操，後裔因他的德行封到英、六為國君。

桑末寄夫根生兮，卉（ㄏㄨㄟˋ）既凋而已毓（ㄩˋ）。
有無言而不讎（ㄔㄡˊ）兮，又何往[608]而不復？
盍[609]（ㄏㄜˊ）遠跡以飛聲兮，孰謂時之可蓄？」

【譯文】

桑樹枝寄生的植物，草木都凋零了只有它還生長。
不說話則不會有酬答，又去往何處而不返回？
何不傳揚遺風播灑聲譽，誰說時機可以等待？」

【延伸】

第七部分，遊歷回到了中土，古以「黃帝」為五方天帝之中。這一闋使用了大量的歷史典故，用來佐證「禍福相依」的道理。其中以漢文帝妻子竇皇后，漢景帝妻子王皇后，漢武帝

---

[606] 邁：行。
[607] 種：布。
[608] 往：行。
[609] 盍：為何不。

大臣顏駟，漢哀帝寵臣董賢四人的故事為漢世故事。漢文帝的母親薄太后不受劉邦的寵幸，因而劉啟被封為代王，一家都去偏遠且靠近匈奴的代地，他的王妃竇氏哭了一路，但沒想到呂后死了，後代王劉啟被大臣們擁戴成為皇帝，竇氏也被立為皇后，他的子孫承繼國祚。漢景帝的妻子王娡成為皇后以後飛揚跋扈，包庇族人犯罪，讓弟弟田蚡獲得宰相位置，並封賜爵位，但後來田家的爵位被廢黜，斷了祖先的緒業。顏駟在郎署當個小官，一直到眉毛都花白了，還沒升遷。有一次漢武帝經過郎署，看見了他，問他什麼時候擔任郎官的？顏駟回答說：「我在文帝時為郎，但是文帝好文，而我學的是武；後來景帝即位，我雖然改學文，但景帝喜歡美，而我長得太醜。陛下您即位了，喜歡年少的，可惜我已經年老，所以經歷了三個黃帝也沒升遷。」漢武帝十分感動，就升遷他為會稽都尉。在歷史典故中夾雜當世故事，以說明吉凶因循並不在古，也在於今。德行之美，利於身，也立於政。

　　仰矯（ㄐㄧㄠˇ）首[610]以遙望兮，魂儵（ㄔㄤˇ）惘（ㄨㄤˇ）而無疇（ㄔㄡˊ）。

　　逼區中[611]之隘陋（ㄞˋ ㄌㄡˋ）兮，將北度[612]而宣遊。

---

[610]　矯首：抬起頭。
[611]　區中：區域之中，此處指中國。
[612]　度：越。

〈思玄賦〉

【譯文】

抬頭舉目遠眺，神魂恍惚好像失去了同伴。
所居之地何其狹隘，將去北方遊歷。

　　行積冰之磑（ㄨㄟˋ）磑兮，清泉沍[613]（ㄏㄨˋ）而不流。
　　寒風淒而永至兮，拂穹岫[614]（ㄑㄩㄥˊ　ㄒㄧㄡˋ）之騷騷。

【譯文】

行走在冰雪皚皚的大地上，泉水都被凍住了而不流動。
刺骨的寒風經久不息，摩擦著山崖吹來的風響個不停。

　　玄武縮於殼[615]中兮，螣（ㄊㄥˊ）蛇蜿（ㄨㄢ）而自糾。
　　魚矜（ㄐㄧㄣ）鱗而並凌[616]兮，鳥登木而失條。

【譯文】

北方神獸玄武縮入殼中，神蛇螣蛇蜷曲成了一團。
河裡漂滿冰凌魚都豎起了鱗，鳥而在樹枝上站不穩。

---

[613]　沍：凍結。
[614]　穹岫：指山崖。
[615]　殼：烏龜殼。
[616]　凌：冰。

103

《楚辭》後語

坐太陰[617]之屏室兮，慨含欷（ㄒㄧ）而增愁。

怨高陽之相[618]寓兮，仙顓頊（ㄓㄨㄢ ㄒㄩˋ）之宅幽[619]。

【譯文】

處於極陰之地的暗室中，大發感慨抽泣且憂愁。
埋怨高陽氏選擇這個住處，抱怨顓頊居住的北方。

庸織絡於四裔（ㄧˋ）兮，斯與彼其何瘳[620]（ㄔㄡ）。

望寒門[621]之絕垠（ㄧㄣˊ）兮，縱余紲（ㄒㄧㄝˋ）乎不周。

【譯文】

往來四方之地就像織布，北方也並不比其他地方好。
眺望寒門山的無邊絕地，放開我的馬韁繩奔向不周山。

迅飆[622]（ㄅㄧㄠ）潚（ㄙㄨˋ）其騰（ㄧㄥˋ）我兮，驚（ㄨˋ）翾飄而不禁。

---

[617]　太陰：傳說北方最寒冷的地方。
[618]　相：擇。
[619]　幽：北方。
[620]　瘳：病癒，引申為好轉。
[621]　寒門：傳說中極北之地的大山，山形似門。
[622]　飆：狂風。

〈思玄賦〉

越豁谺（ㄏㄢ ㄒㄧㄚ）之洞穴兮，標通淵[623]之琳琳（ㄌㄧㄣˊ）。

經重陰[624]乎寂寞兮，愍（ㄇㄧㄣˇ）墳（ㄈㄣˊ）羊之潛深。

【譯文】

狂風吹著我快速前行，被風吹著翩然飄舞不能控制。

穿越山石險峻的地穴，馬蹄敲擊著地下河發出聲音。

行經陰森的地中十分寂寞，憐憫墳羊竟然在這麼深的地下行動。

【延伸】

第八部分，中土並無詩人所想像的、可以實現他理想的環境，因而他又到了北方。詩中的「玄武」、「顓頊」、「高陽氏」都是北方的象徵。高陽氏顓頊為五方天帝中的北方黑帝，是北天的主宰。詩歌將北方的寒冷、冰雪、幽暗寫的十分細膩，彷彿一個忠實的旅行記錄者，以寫實的手法將冰雪覆蓋的冰原、凍結的泉水、摩擦著懸崖尖叫的風，都做了記錄。為了彰顯寒冷的天氣，說河裡的魚被凍得豎起了鱗，樹上的鳥站不住枝，人只能躲在地下室。而寒門山、無邊的絕垠、怪石林立的地下洞穴、迴盪著聲音的地下河等意象，更是賦予了詩歌一種神祕主義氣息。

---

[623]　通淵：指比較大的地下深河。
[624]　重陰：指地下。

105

追慌忽[625]於地底兮，軼（一ˋ）無形而上浮。
出石密之暗野兮，不識蹊[626]（ㄒㄧ）之所由。

【譯文】

在地中追隨混元之氣，超出在元氣之前而向上飄去。
從西方密山的幽暗大野中出來，不知道路所經過的地方。

速[627]燭龍令執炬兮，過鍾山而中休。
瞰[628]（ㄎㄢˋ）瑤谿（ㄒㄧ）之赤岸兮，弔祖江之見劉。

【譯文】

命令燭龍舉起火炬，經過鍾山中途歇息。
瞻望瑤溪的紅色高崖，憑弔祖江被殺之地。

聘[629]王母於銀臺兮，羞[630]玉芝以療飢[631]。
戴勝[632]慭[633]（ㄧㄣˋ）其既歡兮，又誚[634]（ㄑㄧㄠˋ）余之行遲。

---

[625] 慌忽：道之氣，指無形無相的道，等同於老子《道德經》中所說支配萬物的大道。
[626] 蹊：路徑。
[627] 速：徵召、催促。
[628] 瞰：望。
[629] 聘：訪問。
[630] 羞：同「饈」，引申為進食。
[631] 療飢：吃飽飯。
[632] 戴勝：一種鳥類，此處指羽毛裝飾的帽子。
[633] 慭：笑的樣子。
[634] 誚：責怪。

〈思玄賦〉

【譯文】

訪問西王母於銀臺，進食玉芝填飽肚子。

頭戴羽毛冠的西王母且笑且歡，責怪我走得太慢。

載太華[635]之玉女兮，召洛浦（ㄌㄨㄛˋ ㄆㄨˇ）之宓（ㄈㄨˊ）妃。

咸姣[636]（ㄐㄧㄠˇ）麗以蠱（ㄍㄨˇ）媚兮，增嫮（ㄏㄨˋ）眼而蛾眉。

【譯文】

車上載著太華山的仙女，又喚來洛水女神宓妃。

都美麗而嫵媚，又增添了含情的雙眼和彎彎的蛾眉。

舒妙婧[637]（ㄐㄧㄥˋ）之纖腰兮，揚雜錯之袿（ㄍㄨㄚˋ）徽。

離朱脣而微笑兮，顏的皪[638]（ㄌㄧˋ）以遺光。

【譯文】

輕舒美好的纖纖細腰，揚起色彩斑斕的衣衫。

朱脣微啟莞爾含笑，容顏煥發光彩照人。

[635]　太華：指華山。
[636]　姣：美好。
[637]　妙婧：美好的樣子。
[638]　的皪：明亮的樣子。

107

獻環[639]琨（ㄎㄨㄣ）與璵（ㄩˊ）繘（ㄌㄧˊ）兮，申厥（ㄐㄩㄝˊ）好以玄黃。

雖色豔而賂（ㄌㄨˋ）美兮，志浩蕩而不嘉。

【譯文】

贈給我玉環、玉琨等配飾和美玉香纓，又送我黑色和黃色絲綢表達結好之意。

雖然面容美豔禮物豐厚，但心志不堅不能稱我意。

雙材悲於不納兮，並詠詩而清歌[640]。

歌曰：「天地煙熅[641]（ㄩㄣˊ），百卉（ㄏㄨㄟˋ）含葩（ㄆㄚ）。

【譯文】

兩位美人因不被接納而傷悲，一起吟詩和唱歌。

歌詞說：「天地間煙雲繚繞，百花競相開放。

鳴鶴交頸，雎（ㄐㄩ）鳩相和。

處子懷春，精魂回移。

如何淑明[642]，忘[643]我實多。」

---

[639] 環：玉環、配飾。
[640] 清歌：沒伴奏的歌。
[641] 煙熅：陰陽二氣交互作用的狀態。
[642] 淑明：指君子。
[643] 忘：不識。

〈思玄賦〉

【譯文】

鳴叫的仙鶴彼此相依,水鳥雎鳩相互和鳴。
懷春的少女思戀君子,神魂慌亂不守舍。
多麼美善磊落的君子,很快就忘記了我。」

【延伸】

第九部分,以美人比喻君王,同樣是屈原所開之先河。西王母、太華玉女、洛水宓妃等神話傳說中的人物,對詩人充滿愛顧,但詩人並未輕易應許。以這種方式表明,其志節不可輕移。洛水宓妃這個意象,也出現在〈離騷〉中,表達方式也庶幾近乎。

　　將答賦而不暇(ㄒㄧㄚˊ)兮,爰(ㄩㄢˊ)整駕而亟[644](ㄐㄧˊ)行。
　　瞻崑崙之巍巍兮,臨縈[645](ㄧㄥˊ)河[646]之洋洋。

【譯文】

將要回應歌詩但不得空閒,於是整理車駕即刻馳行。
瞻望巍峨的崑崙山,下臨迴繞的黃河浩浩蕩蕩。

---

[644]　亟:急速。
[645]　縈:彎曲。
[646]　河:指黃河。

109

伏靈龜以負坻（ㄔˊ）兮，互螭（ㄔ）龍之飛梁[647]。

登閬（ㄌㄤˊ）風之曾城兮，搆（ㄍㄡˋ）不死[648]而為床。

【譯文】

靈龜在水底下背負著島嶼，螭龍橫臥成為橋梁。

登上神仙所居的閬風山和曾城，用不死樹的枝幹架設成床。

屑瑤蕊（ㄖㄨㄟˇ）以為餱（ㄏㄡˊ）兮，白水以為漿。

抨[649]巫（ㄨ）咸以占夢兮，乃貞吉之元符。

【譯文】

搗碎玉樹上的花朵做乾糧，酌取白水為飲品。

讓巫咸為我解夢，占卜的結果是大吉大利。

滋[650]令德於正中兮，合嘉秀以為敷（ㄈㄨ）。

既垂穎而顧本[651]兮，爾要思乎故居。

安和靜而隨時兮，姑純懿[652]（ㄧˋ）之所廬。

---

[647]　梁：橋。
[648]　不死：傳說中的不死樹。
[649]　抨：使、讓。
[650]　滋：形容豐茂。
[651]　本：樹木的根。
[652]　純懿：大而美。

〈思玄賦〉

【譯文】

豐茂之德中正美好，正應合了夢見的嘉禾。
禾穗低垂眷戀著根，你思念回歸你的故鄉。
安靜平和順應時俗，姑且造那大而美的居所。

【延伸】

第十部分，彷彿一個連貫性的大型樂章，樂調忽而高亢、忽而低沉。詩中寫他登上了崑崙山，以山上的玉樹之花為食，流露出世思想，就彷彿一個激昂的樂調愈來愈低沉一般。

戒[653]庶寮（ㄌㄧㄠˊ）以夙（ㄙㄨˋ）會兮，僉[654]（ㄑㄧㄢ）恭職而並迓（ㄧㄚˋ）。
豐隆[655]軯（ㄆㄥ）其震霆（ㄊㄧㄥˊ）兮，列缺[656]曄（ㄧㄝˋ）其照夜。

【譯文】

命令眾僚提前會合，全都都恭於守職一起來迎接我。
驚雷轟鳴著響徹霹靂之聲，閃電照亮了整個長夜。

---

[653]　戒：命令。
[654]　僉：皆。
[655]　豐隆：傳說中的雷神（或說雲神），此處代指雷。
[656]　列缺：閃電。

111

《楚辭》後語

雲師䨓以交集兮,涷(ㄉㄨㄥ)雨沛[657](ㄆㄟˋ)其灑塗。

轙(ㄧˇ)雕輿(ㄩˊ)而樹葩(ㄆㄚ)兮,擾[658]應龍[659]以服輅(ㄌㄨˋ)。

【譯文】

雲神匯聚天上的雲,豐沛的大雨澆溼了道路。

裝飾玉飾的雕車上樹起華蓋、繫上韁繩,馴服應龍為我拉起車駕。

百神森[660]其備[661]從兮,屯騎羅而星布。

振余袂(ㄇㄟˋ)而就車兮,修[662]劍揭[663]以低昂。

【譯文】

眾多的神簇擁在後,聚集的車騎棋羅星布。

揚起我的袖子登車,揮舞的長劍忽高忽低。

冠咢(ㄜˋ)咢其映蓋[664]兮,佩綝纚(ㄌㄧㄣˊ ㄕˇ)以輝煌。

---

[657]　沛:形容雨水多。
[658]　擾:馴。
[659]　應龍:傳說中有翼的龍,另一說為黃帝的大臣。
[660]　森:眾多的樣子。
[661]　備:盡。
[662]　修:長而美,即修長。
[663]　揭:高舉。
[664]　蓋:古代車頂上的蓋子。

〈思玄賦〉

僕夫[665]儼(一ㄢˇ)其正[666]策[667]兮,八乘攄(ㄕㄨ)而超驤(ㄒㄧㄤ)。

【譯文】

高高的帽子映照車蓋,佩戴的美玉和綬帶輝煌奪目。
僕人們嚴肅的揮舞馬鞭,八條龍駕車騰躍高飛。

氛[668]旄(ㄈㄣ ㄇㄠˊ)溶[669]以天旋兮,蜺旌(ㄋㄧˊ ㄐㄧㄥ)飄而飛揚。
撫軨軹(ㄌㄧㄥˊ ㄓˇ)而還睨(ㄋㄧˋ)兮,心灼(ㄓㄨㄛˊ)爍[670]其如湯。

【譯文】

大氣化為旗幟在高天飄揚,長虹變為旌旗隨風飄揚。
手撫摸著車廂欄杆遠眺,內心著急的如同滾湯。

羨(ㄒㄧㄢˋ)上都之赫戲[671]兮,何迷故而不忘?
左青雕[672]以捷(ㄐㄧㄝˋ)芝兮,右素威以司鉦(ㄓㄥ)。

---

[665]　僕夫:駕車的人。
[666]　正:治辦。
[667]　策:馬鞭。
[668]　氛:大氣。
[669]　溶:廣大的樣子。
[670]　灼爍:灼熱的樣子。
[671]　赫戲:形容光彩明盛。
[672]　青雕:有青色花紋的龍,即青龍,東方宿名。

113

【譯文】

羨慕上帝天都的光明燦爛,為何戀著故土而不忘?

左面青龍執掌著靈芝裝飾的車,右面白虎敲擊銅鈴為訊號。

> 前長離使拂羽兮,委水衡乎玄冥。
> 屬箕(ㄐㄧ)伯以函[673]風兮,澄涊淰(ㄊㄧㄢˇ ㄋㄧㄢˇ)而為清。

【譯文】

朱雀在前面高舉羽旄,委任玄冥擔任水神之職。

囑託風神箕伯收斂狂風,掃蕩混濁之氣而玉宇澄清。

> 曳[674](ㄧㄝˋ)雲旗之離離兮,鳴玉鸞之嚶(ㄧㄥ)嚶。
> 涉清霄而升遐兮,浮蔑蒙[675]而上征。

【譯文】

拖曳雲旗隨風飄揚,玉質的車鈴丁丁而鳴。

飛上碧霄愈來愈高,駕著雲氣向上逝去。

---

[673] 函:含。
[674] 曳:拖。
[675] 蔑蒙:指雲、霧、氣等物。

〈思玄賦〉

紛[676]翼翼以徐戾（ㄌㄧˋ）兮，焱（ㄧㄢˋ）回回[677]其揚靈。

叫帝閽（ㄏㄨㄣ）使闢扉[678]（ㄈㄟ）兮，覿（ㄉㄨˊ）天皇於瓊宮。

【譯文】

翩翩飛行徐徐而降，光焰明亮顯揚神之靈。
叫天帝的守門人開門，想於瓊宮朝拜天帝。

聆〈廣樂〉[679]之九[680]奏兮，展洩洩以肜（ㄖㄨㄥˊ）肜。
考理亂於律鈞[681]兮，意建始而思終。

【譯文】

聆聽仙樂〈廣樂〉多次演奏，神情舒展其樂融融。
憑音樂而考察治亂，在其開始的意境裡就能預料到終局。

惟盤逸[682]之無斁（ㄧˋ）兮，懼樂往而哀來。
素[683]撫弦而餘音兮，大容吟曰念哉。

---

[676] 紛：多。
[677] 回回：明亮的樣子。
[678] 闢扉：開門。
[679] 〈廣樂〉：傳說中天界的樂曲。
[680] 九：表示極其多。
[681] 律鈞：泛指音律的標準。
[682] 盤逸：盡情的享樂。
[683] 素：指素女。

115

【譯文】

憂思放縱遊樂沒有滿足,擔心歡樂將去悲傷將來。
素女彈琴餘音嫋嫋,樂師大容吟歌為告誡。

既防溢[684]而靜志兮,迫我暇以翱(ㄠˊ)翔。
出紫宮之肅肅[685]兮,集大微之閬(ㄌㄤˊ)閬。

【譯文】

防止過度逸樂來肅靜心志,趁我有閒暇高飛。
離開了莊嚴的紫宮,來到高高的太微殿。

命王良掌策駟兮,逾(ㄩˊ)高閣之鏘(ㄑㄧㄤ)鏘[686]。
建罔(ㄨㄤˇ)車[687]之幕幕兮,獵青林之芒芒。

【譯文】

命令王良為我執鞭駕車,越過高入雲中的樓閣。
停在綿密的罔車星邊,到茫茫的青林中行獵。

彎威弧[688]之撥剌(ㄅㄛ ㄌㄚˋ)兮,射嶓塚(ㄅㄛ ㄓㄨㄥˇ)之封狼。

---

[684] 溢:滿。
[685] 肅肅:嚴正的樣子。
[686] 鏘鏘:形容高。
[687] 罔車:指畢宿。
[688] 威弧:指弧矢星,像一張弓。

〈思玄賦〉

觀壁壘於北落兮,伐河鼓[689]之磅硠(ㄆㄤ ㄌㄤˊ)。

【譯文】

用力拉開天弓威弧,射殺嶓塚山上的巨狼。
觀看北落星的營壘,把河鼓星敲打咚咚響。

乘天潢(ㄊㄧㄢ ㄏㄨㄤˊ)之泛泛[690]兮,浮雲漢[691]之湯湯。
倚招搖[692]攝提以低迴剹(ㄐㄧㄡ)流兮,察二紀五緯之綢繆(ㄔㄡˊ ㄇㄡˊ)遹(ㄩˋ)皇。

【譯文】

乘著天潢星飄搖,渡過廣闊的天河。
憑依著招搖星、攝提星隨時節而回轉,觀察日、月和金、木、水、火、土五星的連綿執行。

偃蹇(ㄧㄢˇ ㄐㄧㄢˇ)夭矯婉(ㄇㄧㄢˇ)以連卷[693]兮,雜遝(ㄗㄚˊ ㄊㄚˋ)叢顇(ㄘㄨㄟˋ)颯以方驤。
瞰(ㄩˋ)泪飈(ㄌㄧㄠˊ)淚沛以罔(ㄨㄤˇ)象兮,爛漫[694]麗靡藐(ㄇㄧㄠˇ)以迭邊(ㄅㄧㄝˊ ㄅㄤˋ)。

---

[689] 河鼓:星名,即牽牛星。
[690] 泛泛:水流動的樣子。
[691] 雲漢:指銀河。
[692] 招搖:星名,位於北斗星柄部之南。
[693] 連卷:長而曲的樣子。
[694] 爛漫:分散的樣子。

117

《楚辭》後語

【譯文】

或高揚恣意或疏落連綿,星宿眾多天象紛紜。

飛馳不歇似有似無,分散在曠遠幽深的天幕上往復搖盪。

凌[695]驚雷之硫磕(ㄎㄜ)兮,弄狂電之淫裔(一ˋ)。

逾厖澒(ㄇㄤˊ ㄏㄨㄥˊ)於宕(ㄉㄤˋ)冥[696]兮,貫[697]倒景而高屬。

【譯文】

乘著轟鳴的雷霆,戲玩撕破天幕的閃電。

在天的高處踰越混元之氣,穿過日月的倒影而高飛。

廓[698](ㄎㄨㄛˋ)蕩蕩其無涯兮,乃今窮[699]乎天外。

據開陽[700]而頫(ㄈㄨˇ)盼兮,臨舊鄉之暗藹。

【譯文】

天幕空曠無際無垠,而今我遊遍天外之世。

憑據著開陽星而向下看,下面是緲遠的故土。

---

[695]　凌:乘。
[696]　宕冥:指渺遠的天空。
[697]　貫:穿透。
[698]　廓:空曠而廣大。
[699]　窮:終極。
[700]　開陽:指北斗七星中的第六顆星。

〈思玄賦〉

悲離居之勞心兮,情悁[701]（ㄐㄩㄢ）悁而思歸。
魂眷眷[702]而屢顧兮,馬倚輈（ㄓㄡ）而徘徊。

【譯文】

離鄉獨居的人悲傷勞心,心情憂鬱只想回到家鄉。
神魂牽掛頻頻回望,馬在車轅邊徘徊。

雖遨（ㄠˊ）遊以媮（ㄊㄡ）樂兮,豈愁慕之可懷[703]？
出閶闔（ㄔㄤ ㄏㄜˊ）兮降天塗,乘飆（ㄅㄧㄠ）忽兮馳虛無[704]。

【譯文】

雖然遨遊使我得以偷歡,但怎能減弱心中的哀愁？
出了天門循著天路降落,乘著疾風在空中馳騁。

雲霏霏[705]兮繞余輪,風眇（ㄇㄧㄠˇ）眇兮震余旟（ㄩˊ）。
繽[706]聯翩兮紛暗曖（ㄞˋ），倏（ㄕㄨˋ）眩眩（ㄒㄩㄢˋ ㄩㄣˊ）兮反常閭[707]。

---

[701]　悁：憂鬱。
[702]　眷眷：依戀嚮往的樣子。
[703]　懷：安。
[704]　虛無：指天空。
[705]　霏霏：雲朵飛散。
[706]　繽：形容雜亂。
[707]　常閭：指故里。

【譯文】

片片雲彩縈繞我的車輪，颯颯的風吹拂我的旗幟。

繽紛連綿又昏暗不清，倏忽之間我恍惚回到了家鄉。

【延伸】

第十一部分，繼續浪漫的遊歷。這一闋可以說是把天文和文學相結合的一個典範。我們知道，張衡不但是文學家，還是一位在天文學方面有造詣的科學家。如「爛漫麗靡藐以迭逿」之句，是具有科學的嚴謹性的詩，指出星星在往復搖盪，也就是有規律的閃爍。詩中提到很多星名，如紫宮、太微、罔車、威弧、北落、河鼓、天潢、招搖、攝提、日、月、金星、木星、水星、火星、土星、開陽等，這些星既指星星本身，也有比喻義，如把紫微垣、太微垣比作天上的宮闕，罔車比作一輛車，威弧比作一張大弓，北落比作營壘，河鼓比作一面大鼓……等。透過豐富的聯想，使這些天體具有浪漫的生命力。

儘管在那個不辯真實與虛幻的世界遊歷，但詩人並未迷失，最終還是回到了故土。

收疇（彳ㄡˊ）昔[708]之逸豫兮，卷[709]淫放之遐心。
修初服[710]之姕（ㄙㄨㄛ）姕兮，長余佩之參參。

---

[708]　疇昔：往昔、從前。
[709]　卷：收。
[710]　初服：入仕以前穿的衣服。

【譯文】

收束住從前的遊樂態度,藏起過度放縱的遊覽心思。
整治當官前穿的那些柔軟衣服,佩戴上我修長的玉珮。

文章[711]煥[712]以粲(ㄘㄢˋ)爛兮,美紛紜以從風。
御六藝[713]之珍駕兮,遊道德之平林。

【譯文】

美麗的花紋閃爍奪目的光彩,色彩繽紛的衣飾隨風飄揚。
駕著六藝的珍貴車子,奔馳在道德的深林之中。

結典籍[714]而為罟(ㄍㄨˇ)兮,歐儒墨而為禽。
玩[715]陰陽之變化兮,詠〈雅〉、〈頌〉之徽[716](ㄏㄨㄟ)音。

【譯文】

用經典編織成網,驅趕儒、墨家之學為獵物。
習陰陽變化的學問,吟唱〈雅〉、〈頌〉等詩歌的大美之音。

---

[711] 文章:錯雜的花紋。
[712] 煥:鮮明。
[713] 六藝:指禮、樂、射、御、書、數。
[714] 典籍:古代聖賢的著作。
[715] 玩:習。
[716] 徽:美。

嘉曾氏[717]之〈歸耕〉兮，慕歷陵之欽崟（一ㄣˊ）。
共[718]夙昔而不貳兮，固終始之所服[719]也。

【譯文】

讚美曾子〈歸耕〉中表達的孝，仰慕舜帝重華在歷山耕田的行跡。

恭敬的於早晚服侍沒有二心，堅持終始所秉承的道義。

夕惕若屬以省[720]譽（ㄑㄧㄢ）兮，懼余身之未勑（ㄔˋ）也。

苟[721]中情之端直兮，莫吾知而不恧（ㄋㄩˋ）。

【譯文】

晚上仍然憂傷戒懼如臨危難以減少過錯，擔憂我的修為不能天天提升。

如果我內心端正且正直，就算沒人懂我也不慚愧。

墨[722]無為[723]以凝志兮，與仁義乎消搖。
不出戶而知天下[724]兮，何必歷遠以劬（ㄑㄩˊ）勞！

[717] 曾氏：指曾子，名參，孔子的弟子之一。
[718] 共：同「恭」。
[719] 服：行。
[720] 省：反思。
[721] 苟：如果。
[722] 墨：同「默」。
[723] 無為：道家思想，順其自然。
[724] 不出戶而知天下：引用自《老子》第四十七章。

〈思玄賦〉

【譯文】

　　默默的用無為的態度涵養性情，我與仁義相伴而遊。
　　不出門而知道天下大事，何必到遠方遊歷經受勞苦！

【延伸】

　　第十二部分，詩人最終還是收起了脫離現實世界的遊歷之心，就像把奔馳的馬牽回來一樣。他決定以經典為馬車，巡遊在道德文章的原野上，與仁義相伴。奉行曾子等聖賢之道，做一個足不出戶，而能知天下的人。

系曰[725]：
天長地久歲不留，俟[726]（ㄙˋ）河之清[727]只懷憂。
願得遠度[728]以自娛，上下無常窮六區[729]。

【譯文】

　　尾聲：
　　天長地久歲月無盡而不停留，等待黃河水再次變清而心懷憂愁。
　　願憑遠行聊以自得歡樂，上下隨興遍遊六合。

[725] 系曰：辭賦末尾慣用語，相當於〈離騷〉中的「亂曰」，作為詩歌的尾聲。
[726] 俟：等。
[727] 河之清：古人認為黃河千年水會變清澈，有聖人出現，喻時機難遇。《左傳·襄公八年》引《詩經》：「俟河之清，人壽幾何？」當今本《詩經》中不見此句，當為「逸詩」。
[728] 遠度：遠行。
[729] 六區：又稱六合，指天、地和東、南、西、北。

123

《楚辭》後語

超逾騰躍絕世俗,飄飆(一ㄠˊ)神舉逞[730](ㄔㄥˇ)所欲。

天不可階仙夫希[731],〈柏舟〉[732]悄悄[733]吝[734](ㄌ一ㄥˋ)不飛。

【譯文】

趁著雲氣上升超塵脫俗,飄然如神高飛極盡興致。

天不可高升神仙稀少,〈柏舟〉說憂心忡忡不忍心遠逝。

松喬[735]高跱[736](ㄓˋ)孰能離[737]?結精[738]遠遊使心攜[739]。

回志曷(ㄑ一ㄝˋ)來[740]從玄祺[741](ㄑ一),獲我所求夫何思!

---

[730]	逞:極盡。	
[731]	希:少、稀。	
[732]	柏舟:指《詩經·邶風》中的一首詩,有「憂心悄悄,慍於群小」的句子,漢人所作的《詩序》中說「言仁不遇也」,作者引用這首詩,言外之意是說沒有遇到明君,反被宦官讒害。	
[733]	悄悄:憂慮的樣子。	
[734]	吝:惜。	
[735]	松喬:赤松子和王子喬,古代傳說中的神仙。	
[736]	跱:踞。	
[737]	離:附麗、依附。「離」同「麗」。	
[738]	結精:集中精力。	
[739]	攜:牽引,此處引為惦念。	
[740]	曷來:去來,此處偏重「來」。	
[741]	祺:闡發前人哲理。	

〈思玄賦〉

【譯文】

　　赤松子和王子喬兩位仙人在天上誰能依附？凝心神而遊天宇得心靈交會。

　　轉回遠遊的心思追從先聖之道，獲得我所追求的清靜無為又有何憂思！

【延伸】

　　第十三部分，是對全詩的總結。「天長地久歲不留，俟河之清只懷憂」，表達的思想與後世范仲淹的「先天下之憂而憂」是一樣的，眼看著時光流逝，什麼時候才能盼到天下太平繁榮呢？有濃厚的家國情懷。

　　全詩寫的跌宕起伏，宛若一曲宏大的交響樂。

《楚辭》後語

〈悲憤詩〉

【作者及作品】

　　作者是東漢女詩人蔡琰，也就是蔡文姬。蔡文姬是東漢文學家蔡邕之女，陳留郡圉縣（今河南省杞縣）人，是中國古代最有才華的女性文學家之一。她博學多才，繼承了父親優秀的文學素養和藝術才華，精通文學、音樂、書法。

　　蔡琰最初嫁給衛仲道，丈夫亡故後回到蔡家。東漢末中原大亂，群雄割據，內遷的南匈奴趁機作亂，蔡文姬被匈奴左賢王擄掠，在胡地生活了12年，與左賢王生了兩個孩子。曹操統一北方後，念及和蔡邕的情誼，憐憫蔡邕沒有子嗣，花重金將他的女兒蔡琰贖了回來，再嫁董祀。這首詩作於漢獻帝建安十二年（207），也就是蔡琰被贖，離開匈奴回漢之後。蔡文姬念及自己悲哀的身世，尤其是與兩個孩子分別，她女性的心靈再度遭受巨大的打擊，撕開了難以癒合的創傷，寫下了這首肝腸寸斷的作品。

　　嗟（ㄐㄧㄝ）薄祜（ㄧㄡˋ）兮遭世患，宗族殄[742]（ㄊㄧㄢˇ）兮門戶單。

---

[742]　殄：衰敗。

《楚辭》後語

身執略[743]兮入西關[744],歷險阻兮之羌(くㄧㄤ)蠻。

山谷眇[745](ㄇㄧㄠˇ)兮路曼曼,眷(ㄐㄩㄢˋ)東顧兮但悲嘆。

冥(ㄇㄧㄥˊ)當寢兮不能安,飢當食兮不能餐。

常流涕兮眥[746](ㄗˋ)不乾,薄志節兮念死難,

雖苟活兮無形顏。

【譯文】

悲嘆命薄遭遇此大患,宗族衰落力量單薄。

我被擄掠西入函谷關,歷盡險阻到達蠻人地盤。

山谷迷濛道路迢迢,向東望故鄉長聲悲嘆。

夜幕落下難以成眠,腹中雖然飢餓仍然吃不下。

經常流淚眼角不乾,志節有虧但想到死又如此之難,

雖然苟活於世但已無臉面。

唯彼方[747]兮遠陽精[748],陰氣凝兮雪夏零[749]。

沙漠壅[750](ㄩㄥ)兮塵冥冥[751],有草木兮春不榮。

---

[743] 執略:遭到擄掠。
[744] 西關:指函谷關。
[745] 眇:形容遙遠而不清晰。
[746] 眥:眼眶。
[747] 彼方:指匈奴人所在的地方。
[748] 陽精:指太陽。
[749] 零:落下、飄零。
[750] 壅:遮蔽。
[751] 冥冥:昏沉沉,形容迷茫。

〈悲憤詩〉

人似禽兮食臭腥，言兜離[752]兮狀窈（一ㄠˇ）停[753]。
歲聿[754]（ㄩˋ）暮兮時邁征，夜悠長兮禁門扃[755]（ㄐㄩㄥ）。
不能寐（ㄇㄟˋ）兮起屏營[756]，登胡殿[757]兮臨廣庭[758]。
玄雲合兮翳（一ˋ）[759]月星，北風厲兮肅泠泠[760]。
胡笳[761]動兮邊馬鳴，孤雁歸兮聲嚶（一ㄥ）嚶。
樂人興兮彈琴箏，音相和兮悲且清。
心吐思兮匈[762]（ㄒㄩㄥ）憤盈，欲舒氣兮恐彼驚，
含哀咽兮涕沾頸。

【譯文】

匈奴人的土地遠離太陽，陰氣凝聚夏天雪花飄零。
黃沙遮蔽了天空塵土蔽日，三月天草木依舊沒有生發。
人像野獸一樣吃生食和羶腥，言語不清高鼻子深眼睛。
終年漂泊四處遷徙，夜晚很長門庭經常關閉。
無法入眠憂心忡忡，徘徊在匈奴人的宮廷。

[752]　兜離：形容匈奴人的語言。
[753]　窈停：形容匈奴人的外貌。窈，指眼窩；停，指鼻梁高。
[754]　聿：語助詞。
[755]　扃：關閉。
[756]　屏營：憂傷、彷徨之態。
[757]　胡殿：指匈奴人的宮殿。
[758]　廣庭：指匈奴右賢王的宮室。
[759]　翳：遮蓋。
[760]　泠泠：風吹的聲音，清越而淒清。
[761]　胡笳：樂器名。
[762]　匈：同「胸」。

129

《楚辭》後語

烏雲四合遮住了月亮和星星,北風肅殺冷冷清清。
胡笳的聲音吹響馬嘶鳴,向南飛的孤雁嚶嚶。
觸景生情彈奏琴聲一曲,聲音相和悲涼淒清。
滿腔的憂傷和悲憤填塞著胸膛,想抒懷又怕驚醒身邊人,
只得嚥下悲哀的淚水流到了脖頸。

家既迎兮當歸寧[763],臨長路兮捐所生。
兒呼母兮啼失聲,我掩耳兮不忍聽。
追持我兮走煢(ㄑㄩㄥˊ)煢[764],頓[765]復起兮毀顏形。
還顧之兮破人情,心怛絕[766]兮死復生。

【譯文】

親人來迎接我應當回歸看望父母,臨別卻要丟下親生骨肉。
孩兒呼喊母親痛哭失聲,我掩住耳朵不忍心聽。
追趕並牽著我又孤獨的走了,昏茫茫再起時已毀了容顏。
回頭看一眼這千瘡百孔的骨肉情,內心傷悲令人痛不欲生。

【延伸】

這是一首書寫個人命運的「騷體詩」,記錄了女詩人蔡琰顛沛流離的半生,與後文的〈胡笳〉一起,構成了具有自傳色

---

[763] 歸寧:女子出嫁後,回家探望父母。此處指回到漢地。
[764] 煢煢:形容孤獨。
[765] 頓:困躓、停頓。
[766] 怛絕:悲痛至極。

〈悲憤詩〉

彩的詩篇。這首詩雖然只寫了幾個點，但足以以點帶面，勾勒出命運的縮影。「嗟薄祐兮遭世患，宗族殄兮門戶單。身執略兮入西關，歷險阻兮之羌蠻。」寫門庭單薄，在大亂中遭到匈奴人擄掠。在風沙漫卷的西去之路上，她不飲不食，淚水不乾。使得面對殘酷的命運，遭到傷害的弱女子形象躍然紙上。

　　她被匈奴掠去後，被迫嫁給左賢王。邊地的一切，不論是自然環境（唯彼方兮遠陽精，陰氣凝兮雪夏零。沙漠壅兮塵冥冥，有草木兮春不榮），還是生活風俗（人似禽兮食臭腥，言兜離兮狀窈停），都與她過去的生活不同。她看到月亮和星星，聽到鼓聲、風聲、歸雁的聲音，都會禁不住流淚。然而，即便是哭泣，她也不敢大聲，因為害怕驚醒身邊那個蠻族的王，只能默默的讓零落的淚水從臉上流下來，一直流到頸項。

　　和左賢王一起生活了那麼久，儘管她日夜盼望回到漢地，然而當真的有一天可以回去了，她卻又陷入另一個巨大的情感黑洞。她走了，意味著和胡人生的兩個兒子要離別。回歸家鄉的喜悅，抵消不了與愛子分別的痛苦。她固然對左賢王沒有感情，但是兒子是她的親身骨肉，她除了是女人，同時還是母親。親子關係是天然的，並不會因為戰亂、政治等外在的影響而改變。「兒呼母兮啼失聲，我掩耳兮不忍聽」，描繪了一齣慘痛的親子分離悲劇。感情動人，催人為之落淚。可以說，這首詩是中國古代所寫的「受傷害女性」的最具代表性的作品。

《楚辭》後語

〈胡笳〉

【作者及作品】

　　作者是東漢末女詩人蔡琰,此詩可視為是前篇〈悲憤詩〉的深化。比之於前詩,這首詩歌有強烈的自傳性質,非常詳盡的、以詩歌的語言,講述她家門庭冷落,在漢末的天下大亂中,被匈奴擄掠到邊地,並被迫嫁給左賢王,與左賢王生下二子。在胡地生活十幾年後,又回到故鄉,與親生兒子天各一方的巨大痛苦。詩歌非常細膩的描寫了情感與理智間的掙扎與徘徊。此詩當寫於她回到故國之後,這首詩最早收錄在郭茂倩《樂府詩集》中,朱熹將其收入《楚辭集注》之〈後語〉。有些選本標題作〈胡笳十八拍〉,朱本僅作〈胡笳〉。

我生[767]之初尚無為,我生之後漢祚[768](ㄗㄨㄛˋ)衰。
天不仁兮降亂離[769],地不仁兮使我逢此時。
干戈[770]日尋兮道路危,民卒流亡兮共哀悲。
煙塵[771]蔽野兮胡虜[772]盛,志意乖兮節虧。

---

[767] 生:出生。
[768] 漢祚:漢王朝的運勢。祚,福。
[769] 亂離:因遭戰亂而流離失所。
[770] 干戈:本義為兵器,此處指戰爭。
[771] 煙塵:烽煙和戰場上的塵土。此處指戰亂。
[772] 胡虜:秦漢時稱匈奴為胡虜,此處指北方游牧民族。

133

《楚辭》後語

對殊俗[773]兮非我宜,遭惡辱兮當告誰?

笳[774](ㄐㄧㄚ)一會兮琴一拍[775],心憤怨兮無人知。

【譯詩】

我出生之初天下太平無事,長大以後漢朝國運急遽衰落。

蒼天不施仁德使人們遭受離亂,大地沒有仁心讓我遇到這個時代。

戰爭不斷世道分外艱難,百姓流離失所心中傷悲。

烽煙遮蔽原野胡兵四處劫掠,違背本心苟活著喪失了節義。

對著與匈奴的習俗差別我難適宜,遭受巨大恥辱我該向誰傾訴?

胡笳吹一節玉琴彈一拍,滿腔的怨恨沒有人知道。

戎羯[776](ㄖㄨㄥˊ ㄐㄧㄝˊ)逼[777]我兮為室家[778],將我行兮向天涯。

雲山萬重兮歸路遐[779],疾風千里兮風揚沙。

[773] 殊俗:與自己生活習慣不相同的風俗。
[774] 笳:古代北方民族的樂器,類似笛子。
[775] 拍:樂曲的一章。「笳一會兮琴一拍」,指胡笳吹完一個段落,響起合奏聲,剛好是琴曲的一個樂章。
[776] 戎羯:戎和羯,古族名,此處泛指西北游牧民族。
[777] 逼:逼迫。
[778] 室家:家室的倒文,指家眷,此處指被逼嫁給匈奴左賢王為妻。
[779] 遐:遠。

人多暴猛兮如虺蛇[780]（ㄏㄨㄟˇ），控弦[781]被甲[782]兮為驕奢（ㄕㄜ）。

兩拍張弦兮弦欲絕[783]，志摧心折兮自悲嗟。

【譯詩】

胡人強逼我嫁給他，挾持我向西到天涯。

雲霧遮著高山返回的路幽遠，大風颳起了千里塵沙。

胡人凶殘暴烈好像毒蛇，拉著弓弦披著鎧甲十分驕橫。

二拍的琴曲唱完琴弦幾乎要斷了，心志摧殘獨自悲嘆。

越[784]漢國[785]兮入胡城[786]，亡家失身兮不如無生。

氈裘[787]（ㄓㄢ ㄑㄧㄡˊ）為裳兮骨肉震驚，羯羶[788]（ㄕㄢ）為味兮枉遏（ㄜˋ）我情。

鞞（ㄅㄧㄥˇ）鼓[789]喧兮從夜達[790]明，胡風[791]浩浩兮暗[792]塞營。

傷今感昔兮三拍成，銜悲畜恨兮何時平？

[780] 虺蛇：指毒蛇。虵，同「蛇」。
[781] 控弦：持弓。此處指能拉弓射箭的騎士。
[782] 被甲：穿著盔甲，此處代指穿甲的戰士。「被」同「披」。
[783] 絕：斷裂。
[784] 越：穿過。
[785] 漢國：指漢王朝。
[786] 胡城：指匈奴人的城市。
[787] 氈裘：古代游牧民族用皮毛製成的衣服。
[788] 羯羶：羊臊味。
[789] 鞞鼓：古代軍用小鼓。
[790] 達：一直到。
[791] 胡風：北方的風。
[792] 暗：變的昏暗。

《楚辭》後語

【譯詩】

　　越過大漢邊界進入匈奴的城，家園破敗又失身不如不要活著。

　　穿著毛皮衣服心驚肉跳，羊羶味襲鼻難以控制悲傷之情。

　　匈奴人的鼓聲從夜晚一直敲打到天明，狂風席捲吹得門外一片昏暗。

　　傷感今日懷念昔日琴笳三拍又製成，含著悲憤懷著恨意的心情何時平息？

　　無日無夜兮不思我鄉土，稟（ㄅㄧㄣˇ）氣合生兮莫過我最苦。

　　天災國亂兮人無主，唯我薄命兮沒戎虜（ㄌㄨˇ）。

　　殊俗心異兮身難處，嗜（ㄕˋ）欲[793]不同兮誰可與語？

　　尋思涉歷[794]兮多艱阻，四拍成兮益悽楚。

【譯詩】

　　日日夜夜無不思念我的故鄉，呼吸著氣息活著的人沒有比我更苦。

　　天災加上國家混亂百姓無人做主，怨我命運多舛淪落在匈奴。

　　習俗不同心不在一起無法立身，行為習慣不同誰能與我

---

[793]　嗜欲：嗜好與欲望，指行為習慣。
[794]　涉歷：經歷。

〈胡笳〉

交流？

　　回想我的曾經充滿艱難險阻，胡笳四拍也製成曲調更加哀戚悲苦。

　　　雁南征[795]兮欲寄[796]邊聲，雁北歸兮為得漢音[797]。
　　　雁飛高兮邈[798]（ㄇㄧㄠˇ）難尋，空斷腸兮思愔（ㄧㄣ）愔。
　　　攢（ㄘㄨㄢˊ）眉[799]向月兮撫雅琴，五拍泠（ㄌㄧㄥˊ）泠[800]兮意彌深。

【譯詩】

　　大雁南飛想傳到邊地的消息，大雁北飛想得到家鄉的音訊。

　　大雁飛得太高看不見蹤影，肝腸寸斷默默的尋思。

　　緊鎖雙眉望著月亮彈奏琴曲，五拍的曲調清亮激越痛苦更深。

[795]　南征：向南飛。
[796]　寄：傳遞。
[797]　漢音：指來自家鄉的書信。
[798]　邈：渺遠。
[799]　攢眉：皺眉。
[800]　泠泠：聲音清脆激越。

《楚辭》後語

冰霜凜凜兮身苦寒，飢對肉酪[801]（ㄉㄠˋ）兮不能餐[802]。

夜聞隴水[803]兮聲嗚咽，朝[804]見長城兮路杳（一ㄠˇ）漫[805]。

追思往日兮行李難，六拍悲來兮欲罷彈。

【譯詩】

冷冽的冰霜刺骨我的身世淒涼，餓了對著羊肉和乳酪也無法下嚥。

半夜聽到遠方隴河水聲彷彿啼哭，晨起看見長城路途杳然而悠遠。

回想往日西來的路行程充滿了痛苦，六拍唱罷悲從心起無法再彈奏。

日暮風悲兮邊聲[806]四起，不知愁心兮說向誰是！

原野蕭條兮烽戍[807]（ㄕㄨˋ）萬里，俗賤老弱兮少壯為美。

逐有水草兮安家葺（ㄑㄧˋ）壘[808]，牛羊滿野兮聚如

---

[801] 肉酪：肉和乳汁，此處指匈奴人的食物。
[802] 餐：吃飯。
[803] 隴水：河流名，發源自隴山。
[804] 朝：早晨。
[805] 杳漫：渺茫曠遠。
[806] 邊聲：邊境上的馬嘶、風號等聲音。
[807] 烽戍：設置烽火，屯兵防守的地方。
[808] 葺壘：修建營壘。

蜂蟻。

　　草盡水竭兮羊馬皆徙，七拍流恨兮惡居[809]於此。

【譯詩】

　　晚暮悲傷的風送來馬嘶和人聲，不知心頭的哀愁該向誰傾訴！

　　原野一片蕭條烽火和哨所遍布萬里，匈奴人歧視年老體弱看重年輕力壯的人。

　　追逐著水草哪裡豐美就在哪安家，牛羊漫山遍野像蜂群和螞蟻群。

　　牧草吃完溪水枯竭就趕著牛羊離開，七拍唱罷恨意無盡厭惡這漂泊的日子。

　　　　為天有眼兮何不見我獨漂流[810]？
　　　　為神有靈[811]兮何事處我天南海北頭？
　　　　我不負天兮天何配我殊匹[812]？
　　　　我不負神兮神何殛[813]（ㄐㄧˊ）我越荒州？
　　　　制茲八拍兮擬排憂，何知曲成兮心轉愁。

[809]　惡居：厭惡所居住的匈奴人之地。
[810]　漂流：漂泊流浪。
[811]　靈：靈驗。
[812]　殊匹：異族的配偶，指匈奴左賢王。
[813]　殛：懲罰。

【譯詩】

如果蒼天有眼為何看不見我漂泊他鄉？

如果神靈靈驗是何原因讓我身處天涯的盡頭？

我沒有辜負上天為何讓我嫁給蠻族人為妻？

我沒有辜負神靈為何懲罰我淪落在苦寒的荒州？

製成曲調第八拍藉此排遣憂慮，誰知曲子製成後更加憂愁。

天無涯[814]兮地無邊，我心愁兮亦復然。

人生倏（ㄕㄨˋ）忽[815]兮如白駒之過隙[816]，然不得歡樂兮當我之盛年[817]。

怨兮欲問天，天蒼蒼兮上無緣。

舉頭仰望兮空雲煙，九拍懷情兮誰與傳？

【譯詩】

高天無涯大地無邊，我內心的愁苦也沒有盡頭。

人生短暫的好像牆縫裡看白馬奔馳，然而沒有一絲歡樂可惜我正當年。

充滿怨恨想問一問上天，上天高渺無處攀登。

---

[814]　涯：邊際。
[815]　倏忽：形容快。
[816]　白駒之過隙：《莊子·知北遊》：「若白駒之過隙」，意指如同白色的馬在縫隙前飛馳而過，轉眼就不見了，形容時間過得快。
[817]　盛年：壯年，指正好的年華。

〈胡笳〉

抬頭仰望天際滾動著雲煙，九拍曲調中的懷念之情誰能傳達？

> 城頭烽火不曾滅，疆場征戰何時歇[818]？
> 殺氣[819]朝朝衝塞門，胡風夜夜吹邊月。
> 故鄉隔兮音塵[820]絕，哭無聲兮氣將咽。
> 一生辛苦兮緣別離，十拍悲深兮淚成血。

【譯詩】

城頭點燃的烽火不曾熄滅，戰場上的殺伐何時停歇？

戰爭的氛圍每天都籠罩著邊塞的門，凜冽的風夜夜吹著邊地之月。

來自故鄉的消息被隔絕，哭泣著沒了聲音氣息將絕。

一生的心酸苦恨都緣自離別，十拍的曲調如此悲傷淚水含著血。

> 我非貪生而惡死，不能捐身[821]兮心有以。
> 生仍冀[822]得兮歸桑梓[823]（ㄙㄤ ㄗˇ），死當埋骨兮長已矣。

---

[818] 歇：停息。
[819] 殺氣：戰爭的氛圍。
[820] 音塵：音訊。
[821] 捐身：放棄生命。
[822] 冀：希望。
[823] 桑梓：指故鄉。

日居月諸兮在戎壘[824]，胡人寵我兮有二子。

鞠[825]（ㄐㄩˊ）之育之兮不羞恥，愍[826]（ㄇㄧㄣˇ）之念之兮生長邊鄙[827]。

十有一拍兮因茲起，哀響纏綿兮徹心髓（ㄙㄨㄟˇ）。

【譯詩】

我並非貪生而厭惡死，不能放棄此身自有緣由。

活著仍然希望能夠回到家鄉，屍骨能夠埋在故鄉也就心安了。

日復一日年復一年身在匈奴，匈奴丈夫和我生了兩個孩子。

撫育和教養孩子不因此而羞恥，憐憫並牽念他們生在荒涼之地。

十一拍的曲調因此情而填完，哀痛糾纏的情緒痛徹心腑。

東風應律[828]兮暖氣[829]多，知是漢家天子兮布陽和[830]。

羌胡蹈舞[831]兮共謳（ㄡ）歌[832]，兩國交歡[833]兮罷兵戈[834]。

[824]　戎壘：胡人的居住地。
[825]　鞠：撫育。
[826]　愍：憫愛。
[827]　邊鄙：偏遠的地方。
[828]　應律：應合曆象。
[829]　暖氣：溫暖你的氣息，指天氣變暖。
[830]　陽和：本意為春天的氣息，此處指祥和的氣氛。
[831]　蹈舞：跳舞。
[832]　謳歌：唱歌。
[833]　交歡：兩國交好。
[834]　罷兵戈：停息戰爭。

忽遇漢使[835]兮稱近詔[836]，遺[837]千金兮贖（ㄕㄨˊ）妾身[838]。

喜得生還兮逢聖君，嗟別稚子[839]兮會無因[840]。

十有二拍兮哀樂均[841]，去住兩情兮誰具陳？

【譯詩】

大地回暖溫暖的氣息上升，知道是我大漢的皇帝發出和平的訊號。

載歌載舞一起唱歌，兩國交好停息了戰爭。

忽然遇見漢室的使臣拿著詔書，餽贈匈奴人千金來贖我回歸。

驚喜自己能活著回去遇見明君，嘆息著告別年幼的孩子再無相見的因由。

十二拍的曲調完結了喜悅和悲傷一樣多，去留兩難莫可奈何向誰訴說？

---

[835]　漢使：漢王朝的使臣。
[836]　詔：天子的詔書。
[837]　遺：餽贈。
[838]　妾身：蔡文姬的自稱。
[839]　稚子：年幼的孩子，指蔡文姬在胡地所生的兩個孩子。
[840]　無因：沒有因由。
[841]　均：等同。

《楚辭》後語

不謂[842]殘生[843]兮卻得旋歸[844]，撫抱胡兒兮泣下沾衣。

漢使迎我兮四牡[845]（ㄇㄨˇ）騑（ㄈㄟ）騑[846]，號失聲兮誰得知？

與我生死兮逢此時，愁為子兮日無光輝。

焉得羽翼兮將汝歸。

一步一遠兮足難移，魂消影絕兮恩愛遺。

十有三拍兮弦急調悲，肝腸攪刺兮人莫我知。

【譯詩】

不料餘生竟然能夠回到故鄉，抱著兩個兒子淚水打溼了衣裳。

漢朝使臣來迎接我的馬車十分雄壯，孩子哭喊的聲音讓我亂了心該跟誰說？

生離死別就在此時，為我的孩子心碎連太陽都失去了光芒。

恨不能生出一雙翅膀帶著你飛回去。

走一步一回頭腳步再也難以移動，孩子們的身影看不見了留下慈愛在這裡。

十三拍的曲調急切而且悲傷，肝腸如同刀絞沒有人懂得我的心。

---

[842] 不謂：不意、不料。
[843] 殘生：餘生。
[844] 旋歸：回歸。
[845] 四牡：拉車的四匹雄性的馬，此處形容馬雄壯。
[846] 騑騑：馬行走不停的樣子。

〈胡笳〉

身歸國兮兒莫知隨,心懸懸兮長如飢。

四時萬物兮有盛衰[847],唯我愁苦兮不暫移。

山高地闊兮見汝無期[848],更深夜闌[849](ㄌㄢˊ)兮夢汝來斯[850]。

夢中執手[851]兮一喜一悲,覺後痛吾心兮無休歇時。

十有四拍兮涕淚交垂,河水東流兮心是思。

【譯詩】

我身回故國孩子不知跟隨,心中空空彷彿飢餓一般。

四季萬物盛衰興亡都有規律,唯有我心中的愁苦沒有一絲改變。

山嶽高峻大地遼闊再想見你沒有機會,更漏已深天還未亮夢見孩兒來到身邊。

夢中拉著你的手又喜悅又悲傷,醒後痛苦撕咬著我的心沒有片刻停息。

十四拍的曲調完結眼淚和鼻涕交替而下,東流黃河水都是思念兒子的淚。

---

[847]　盛衰:事物發展的週期。
[848]　無期:沒有期限。
[849]　闌:將盡。
[850]　斯:這裡。
[851]　執手:握著手。

145

《楚辭》後語

十五拍兮節調促，氣填匈[852]（ㄒㄩㄥ）兮誰識曲？

處穹廬[853]（ㄑㄩㄥ ㄌㄨˊ）兮偶殊俗，願得歸來兮天從欲。

再還漢國兮歡心足，心有懷兮愁轉深，日月無私兮曾不照臨。

子母分離兮意難任，同天隔越兮如商參[854]，生死不相知兮何處尋？

【譯詩】

十五拍的曲調急促，憤恨填滿了胸腔誰能體會？

住的是帳篷丈夫是個匈奴人，天隨人願回到了故鄉。

再次回到故國心中歡喜，心中有牽掛憂愁更深，無私的太陽月亮為何對我這般殘酷。

母子被分開不能承受，天各一方如同參商二星不得相見，是生是死不得而知該何處尋覓？

十六拍兮思茫茫，我與兒兮各一方。

日東月西兮徒相望，不得相隨兮空斷腸。

對萱（ㄒㄩㄢ）草[855]兮憂不忘，彈鳴琴兮情何傷！

---

[852] 匈：同「胸」，胸中。
[853] 穹廬：匈奴人居住的帳篷。
[854] 商參：參商。二十八宿的商星與參星，商在東，參在西，此出彼落，不得同見。後世以「商參」比喻人分離不可相見，是中國古代詩歌中得到不斷深化的一個意象。
[855] 萱草：植物名。古人認為種植此草可以忘憂，故而稱忘憂草。

〈胡笳〉

今別子兮歸故鄉，舊怨平兮新怨長！

泣血仰頭兮訴蒼蒼，胡為生我兮獨罹[856]（ㄌㄧˊ）此殃（ㄧㄤ）？

【譯詩】

十六拍樂曲結束愁思茫茫，我與兒子天各一方。

太陽在東月亮在西徒自相望，不能在一起思念斷腸。

對著忘憂草也無法解除憂愁，彈奏著瑤琴更加傷懷！

今日辭別孩子回到故鄉，舊的怨恨消失了新的怨恨又產生！

哭的淚成血抬頭向上天哭訴，為何生我遭受這種熬煎？

十七拍兮心鼻酸，關山阻修兮行路難。

去時懷土[857]兮心無緒，來時別兒兮思漫漫。

塞上黃蒿[858]（ㄏㄠ）兮枝枯葉乾，沙場白骨[859]兮刀痕箭瘢[860]（ㄅㄢ）。

風霜凜凜兮春夏寒，人馬飢豗[861]（ㄏㄨㄟ）兮筋力單。

豈知重得兮入長安，嘆息欲絕兮淚闌干。

---

[856] 罹：遭受苦難不幸。
[857] 懷土：懷戀鄉土。
[858] 黃蒿：枯黃的蒿草，此處泛指枯草。
[859] 白骨：此處指戰死的人。
[860] 瘢：創傷留下的痕跡。
[861] 飢豗：同「飢虺」，指又餓又病。

147

《楚辭》後語

【譯詩】

十七拍的曲子彈完心酸流涕，關山重重阻隔道路艱險。

被擄去匈奴時懷著故土心緒雜亂，回歸時割捨下兒子憂思漫漫。

塞上的野草枝葉都枯萎了，從前戰場上死去者的白骨上還有刀印和箭的痕跡。

冷冽的風霜春夏交替時依舊寒冷，人困馬疲乏腳力幾乎用盡。

哪曉得重新回到長安，嘆息不斷淚水不乾。

胡笳本自[862]出胡中，緣琴翻出[863]音律同。

十八拍兮曲雖終[864]，響有餘兮思無窮。

是知絲竹微妙兮均造化之功，哀樂各隨人心兮有變則通。

胡與漢兮異域殊風[865]，天與地隔兮子西母東。

苦我怨氣兮浩[866]於長空，六合[867]雖廣兮受之應不容！

【譯詩】

胡笳本來自胡人中誕生，依照琴曲製曲樂調相同。

---

[862]　本自：本來就，一向是。
[863]　翻出：重新改作。
[864]　終：完結。
[865]　異域殊風：地域不同風俗有差別。
[866]　浩：瀰漫。
[867]　六合：本義指上、下、東、南、西、北，即天地四方，形容空間巨大。

〈胡笳〉

十八拍的曲子雖然完結,餘音未斷思緒也無窮。

因懂得音樂的奧妙是上天的神奇造化,哀傷和歡樂各隨人心有變化則相通。

匈奴和大漢地域不同風俗有別,彷彿天地永遠相隔兒子在西母親在東。

可嘆我心中的怨氣像烏雲瀰漫天空,天地四方再廣闊也無法容納!

【延伸】

這首詩與〈悲憤詩〉相比,寫的更加詳細,意象更加細密,用了長達十八闋的詩句,來寫自己被擄往胡地和迎回漢地的生活。詩歌委婉、細膩、深沉、纏綿,敲擊著人的心扉。詩的第一闋寫漢祚衰微,天下紛亂,悲哀的命運降臨到自己頭上,被匈奴人所擄掠。詩歌的第二闋寫被擄去之路和路上遭受的侮辱,尤其是「雲山萬重兮歸路遐,疾風千里兮風揚沙」,意象蕭瑟,慘淡而哀涼。第三、四闋寫到達胡地後,胡地的衣食習慣和兵民一體的風俗,嗜好與需求都不同,大風不停的吹,這一切都令她絕望。第五闋寫到北飛和南飛的大雁,在中國文化中,大雁是一個獨特的文化符號,牠是音訊的象徵,是對離亂之人的安慰。後世唐代詩人杜甫〈歸雁〉詩中說:「東來萬里客,亂定幾年歸。腸斷江城雁,高高正北飛。」宋代詩人張蘊〈歸雁亭〉詩中說:「青雲影裡自由身,幾倚闌干看不真。又是江湖春雪盡,年年腸斷玉關人。」大雁是自由的,可以南

來北往，然而女詩人卻是不自由的，只能望著高飛遠逝的大雁空自斷腸。

六、七兩闋再次寫到胡人生活和風俗，實際上是一步一步深入到胡人的生活裡，一方面寫時日久，令一方面寫女詩人的心理落差愈來愈大，尤其是「隴水」、「長城」的意象，帶著濃厚的悲涼色彩。自西漢武帝以來，匈奴和漢軍之間多次發生戰爭，漢詩中產生了大量的以長城和邊地生活為題材的作品，這些作品情感真摯而熾烈，震撼人心。如建安七子之一的陳琳所寫的〈飲馬長城窟行〉有云：「飲馬長城窟，水寒傷馬骨」，將長城邊塞的苦寒寫的入木三分。此外，魏晉樂府中有三首〈隴頭歌辭〉，一首比一首悽愴，其一說：「隴頭流水，流離山下。念吾一身，飄然曠野。」其三說：「隴頭流水，鳴聲幽咽。遙望秦川，心肝斷絕。」簡直就像是為蔡文姬專門寫的。

第八、九兩闋是詩人對自己不公命運發出的控訴，她質問上蒼，這樣的命運為何落在她的頭上？然而，上天不可能給她任何回答（怨兮欲問天，天蒼蒼兮上無緣）。在她的盛年，正常情況下，她應該繼承了父親的遺志，像才女班昭一樣著史，而不是讓時間像白駒過隙一樣，浪費在這片荒涼的胡地。即便不能實現這樣的弘願，她也應該有相應的快樂。盛年，不論是身體，還是內心的豐盈程度，都是人生的巔峰時期。她應該愛人，也應該被人所愛。然而，她身在異國，與毫無共同語言，習慣也不同的人生活在一起，哪裡還談的上愛呢？這種內心的

〈胡笳〉

悲哀，真可謂慘痛不可比擬。

彷彿是前面九闋的一個情感爆發，第十闋前四句寫的宛若狂飆橫掃，一首七絕橫空出世。「城頭烽火不曾滅，疆場征戰何時歇？殺氣朝朝衝塞門，胡風夜夜吹邊月。」把邊地戰雲密布，殺氣沖天，和塞上的冷漠、無情，寫的撼人心魂。後面的四句，去掉其中的「兮」字，略增二字，同樣是一首令人落淚的七絕。「故鄉久隔音塵絕，哭無聲息氣將咽。一生辛苦緣別離，十拍悲深淚成血。」尤其是「一生辛苦緣別離」，簡直道盡所有人的內心，即便是一千多年後的當下，依舊有著共鳴。

第十一闋寫女詩人心心念念想回到故鄉的土地，即便只是死後埋在那裡，也甘心。同時，又透露自己與左賢王生了兩個孩子，矛盾的心情初露端倪。十二闋寫漢、匈兩邊罷兵談合，蔡文姬被贖回。十三闋寫回漢地時與兒子的分別，這一段和〈悲憤詩〉中所寫的內容有重合，但側重不同，提供了更多分別時的細節，彷彿從不同的鏡頭角度來看這場悲劇，更覺其悲哀。

十四拍寫回到漢地後，母子分別，日夜懸想，大自然的一切都發生了改變，但是女詩人內心的痛苦竟然絲毫未轉移。「山高地闊兮見汝無期，更深夜闌兮夢汝來斯。夢中執手兮一喜一悲，覺後痛吾心兮無休歇時。」兒子來看她了，令她驚喜交加，然而很快就發現，這只是一場夢。夢境有多真實，醒後就有多悵然。漢樂府〈飲馬長城窟行〉中說：「青青河畔草，

綿綿思遠道。遠道不可思，宿昔夢見之。夢見在我傍，忽覺在他鄉。」這是多麼的相似，又是怎樣相同的內心啊！然而這首詩中最後還有一封信，而蔡文姬不知是否收到過兒子的信呢？〈飲馬長城窟行〉最後兩句說：「上言加餐飯，下言長相憶。」我們寧可相信，這就是〈胡笳十八拍〉的續篇吧！

十五、十六、十七三闋採用了倒敘的手法，再次重複回歸漢地時與兒子的分別，好像對當時的一切重新回憶了一遍。並將歸來路上看見的情景也寫入詩中，「塞上黃蒿兮枝枯葉乾，沙場白骨兮刀痕箭瘢。風霜凜凜兮春夏寒，人馬飢豗兮筋力單。」戰場的白骨，旅途的苦寒，和兒子的分別，完全感受不到回歸的喜悅。

最後一闋是總結性的。痛苦並不會隨著時間的流逝而消失，對敏感而懷著神情的女詩人而言，痛苦會永遠伴隨她存在，她活著，痛苦就在。大天大地，裝不下她的痛苦。「胡與漢兮異域殊風，天與地隔兮子西母東。苦我怨氣兮浩於長空，六合雖廣兮受之應不容！」她離開這個世界一千多年了，她的痛苦在那裡，這是悲劇的力量，也是文學的力量，它是人類情感的真實紀錄。

〈登樓賦〉

【作者及作品】

　　作者是東漢末文學家王粲。王粲（177～217年），字仲宣。山陽郡高平縣（今山東微山縣）人，「建安七子」之一，是漢太尉王龔曾孫、司空王暢之孫。王粲少年負有才名，曾得到大學者蔡邕的看重。漢末天下混亂，一度依附荊州牧劉表。建安十三年（208年），曹操南征荊州，荊州勢力投降，王粲獲得曹操、曹丕父子的信任，得到重用，並賜爵關內侯。曹魏立國後，被任為侍中。建安二十二年（216年），王粲追隨曹操南征孫權，返回途中病逝，享年四十一歲。王粲很有文學才能，與孔融、陳琳、徐幹、阮瑀、應瑒、劉楨等人並稱「建安七子」，其詩賦為七子之冠，與曹植並稱「曹王」。

　　〈登樓賦〉見於梁昭明太子蕭統所編《文選》卷十一，朱熹《楚辭集注》中評價甚高。由於漢獻帝興平元年（194年）董卓部將李傕、郭汜在關中作亂，王粲南下投劉表，但卻不被重用。他在襄陽寄居十年，一腔才華無處施展，十分苦悶。建安九年（204年），是他到荊州的第十三個年頭，他登上當陽東南的麥城城樓，眺望山河，思緒萬端，寫下這首抒情的作品。

《楚辭》後語

登茲[868]樓以四望兮,聊[869]假日[870]以銷憂[871]。

覽[872]斯宇之所處[873]兮,實顯敞而寡(ㄍㄨㄚˇ)仇[874]。

挾[875]清漳[876]之通浦[877](ㄆㄨˇ)兮,倚[878]曲沮[879](ㄐㄩˋ)之長洲。

背[880]墳[881](ㄈㄣˊ)衍[882](一ㄢˇ)之廣陸[883]兮,臨[884]皋隰[885](ㄍㄠ ㄒㄧˊ)之沃(ㄨㄛˋ)流[886]。

北彌[887]陶[888]牧,西接昭丘[889]。

[868]	茲:此。	
[869]	聊:姑且、暫且。	
[870]	假日:假借此日。	
[871]	銷憂:解除憂慮。	
[872]	覽:觀覽。	
[873]	斯宇之所處:這座樓所在的地方。	
[874]	寡仇:少有匹敵。	
[875]	挾:帶。	
[876]	清漳:指漳水,源出於湖北南漳,後與沮水會合,經江陵注入長江。	
[877]	通浦:兩條河流相通的地方。	
[878]	倚:靠。	
[879]	曲沮:彎曲的沮水。	
[880]	背:背靠,指北面。	
[881]	墳:高。	
[882]	衍:平。	
[883]	廣陸:廣袤的原野。	
[884]	臨:面臨,指南面。	
[885]	皋隰:水邊低窪的地方。	
[886]	沃流:可灌溉的水流。	
[887]	彌:接。	
[888]	陶:陶地。春秋時越國范蠡助越王勾踐滅吳,後悄悄來到陶地,自稱陶朱公。此處指范蠡的墓地。	
[889]	昭丘:楚昭王的陵墓。	

華[890]實蔽野，黍稷[891]（ㄕㄨˇ ㄐㄧˋ）盈疇（ㄔㄡˊ）。

雖信美[892]而非吾土[893]兮，曾何足以少留？

【譯詩】

登上這座樓四方眺望，姑且借閒暇時光消除憂愁。
我看這座樓所在的地方，實在明亮寬敞沒有可倫比的。
帶著清澈的漳水交會浦口，倚臨彎曲的沮水中的沙洲。
背靠著高而平的大片陸地，俯臨低處那些可灌溉的水流。
北邊銜接著陶朱公的墓地，西邊毗連楚昭王的陵墓。
掛滿花果的樹木遮蔽平原，農作物遍布整個田野。
這裡的確很美但不是我的故鄉，又怎能值得我逗留？

遭紛濁[894]而遷逝兮，漫逾[895]紀[896]以迄（ㄑㄧˋ）今[897]。

情眷（ㄐㄩㄢˋ）眷[898]而懷歸兮，孰憂思之可任[899]？

---

[890] 華：同「花」。
[891] 黍稷：泛指農作物。
[892] 信美：的確很美。
[893] 吾土：指作者自己的故鄉。
[894] 紛濁：紛亂混濁，此處指亂世。
[895] 逾：超過。
[896] 紀：古人以十二年為一紀。
[897] 迄今：至今。
[898] 眷眷：形容念念不忘的樣子。
[899] 任：承受。

155

憑[900]軒檻以遙望兮,向北風而開襟[901]。

平原遠而極目兮,蔽荊山[902]之高岑[903](ㄘㄣˊ)。

路逶迆(ㄨㄟ ㄧˊ)而修迥[904](ㄐㄩㄥˇ)兮,川既漾而濟深。

悲舊鄉之擁[905]隔兮,涕[906]橫墜而弗(ㄈㄨˊ)禁[907]。

昔尼父[908]之在陳兮,有歸歟(ㄩˊ)之嘆音。

鍾儀[909]幽而楚奏兮,莊舄[910](ㄒㄧˋ)顯而越吟,

人情同於懷土[911]兮,豈窮達[912]而異心?

【譯詩】

我因世道紛亂流寓到這裡,到現在已超過十二年了。

心中思念故鄉實想回歸,誰能承受這種思鄉的憂思啊?

依靠著樓上的欄杆向遠方眺望,面朝北風敞開了衣襟。

平原那麼遙遠我縱目遠望,視線被荊山的小山頭遮蔽。

道路彎彎曲曲而且綿長,河水浩蕩而深不可測。

---

[900] 憑:同「憑」,倚、靠。
[901] 開襟:敞開胸襟。
[902] 荊山:在湖北南漳。
[903] 高岑:小而高的山。
[904] 修迥:長遠。
[905] 擁:同「壅」,阻塞。
[906] 涕:眼淚。
[907] 弗禁:止不住。
[908] 尼父:指孔子。
[909] 鍾儀:春秋時期楚國大臣。
[910] 莊舄:戰國時越人,在楚國為官。
[911] 懷土:懷念故鄉。
[912] 窮達:沒有當官稱為「窮」,官場順利稱為「達」。

悲痛故鄉的道路被阻塞,眼淚橫流不能停止。

從前孔子在陳國時,曾經發出「回去吧!」的嘆息。

鍾儀被晉國囚禁而演奏楚國的樂曲,莊舄在楚國當官但仍說故土越地的方言。

人思念故土的感情是一樣的,豈會因窮困或顯達而有差異?

> 唯[913]日月之逾邁兮,俟[914](ㄙˋ)河清其未極[915]!
> 冀[916]王道之一平兮,假[917]高衢[918](ㄑㄩˊ)而騁力。
> 懼匏(ㄆㄠˊ)瓜之徒懸[919]兮,畏井渫(ㄒㄧㄝˋ)之莫食[920]。
> 步棲遲[921]以徙倚(ㄒㄧˇ ㄧˇ)兮,白日忽其將匿[922](ㄋㄧˋ)。
> 風蕭瑟[923]而並興[924]兮,天慘慘而無色。
> 獸狂顧[925]以求群兮,鳥相鳴而舉翼。

[913] 唯:發語詞,無實際含義。
[914] 俟:等待。
[915] 未極:未至。
[916] 冀:希望。
[917] 假:憑藉。
[918] 高衢:大道。
[919] 懼匏瓜之徒懸:擔心自己像匏瓜那樣被空空掛在那裡。典故出自《論語‧陽貨》:「吾豈匏瓜也哉?焉能繫而不食?」,比喻得不到重用。
[920] 畏井渫之莫食:害怕井已清除汙泥了,卻無人來打水。渫,清除汙泥。典故出自《易經‧井卦》:「井渫不食,為我心惻。」
[921] 棲遲:徘徊、漫步。
[922] 匿:藏匿。
[923] 蕭瑟:風吹拂草木的聲音。
[924] 並興:風從不同的地方同時吹。
[925] 狂顧:恐慌的回頭。

原野闃[926]（ㄑㄩˋ）其無人兮，征夫行而未息。

心悽愴以感發兮，意忉怛[927]（ㄉㄠ ㄉㄚˊ）而憯[928]（ㄘㄢˇ）惻。

循[929]階除而下降兮，氣交憤於胸臆。

夜參半而不寐兮，悵盤桓[930]以反側。

【譯詩】

念及歲月的流逝，等待聖明之君出現要到什麼時候！

我希望國家統一太平，憑藉明主之力施展自己的才能。

擔心像葫蘆空掛在那裡得不到任用，害怕像已清除汙泥的井水卻無人飲用。

漫步遊走止息又徘徊，太陽很快就落下山頭。

搖擺著樹木的風從四面吹來，天色暗淡而無明亮之色。

野獸慌忙奔逃尋找獸群，鳥雀相互召喚而展翅高飛。

原野上一片寂靜沒有人，只有遠行的人走個不停。

我心中淒涼悲愴且難過，意緒憂傷充滿了慘痛。

順著臺階走下樓來，胸中的氣憤依舊糾纏不散。

到了半夜還無法入眠，惆悵不平靜而無法睡著。

---

[926] 闃：靜寂。
[927] 忉怛：憂傷、悲痛。
[928] 憯：同「慘」。
[929] 循：沿著。
[930] 盤桓：本義為徘徊不離開，此處指內心不平靜。

【延伸】

〈登樓賦〉雖然創作於漢末，但卻丟開了漢代大賦那種長篇鋪陳、堆砌辭藻的陋習，語言簡潔而精悍，字字如金，在感情上把憂慮世道和大志不能申融合在一起，充滿強烈的感發力量。借景抒情，借典故表達胸臆，都十分精妙。如「路逶迤而修迴兮，川既漾而濟深」之句，表面上看，表達的是道途艱難，但實際寫的是命運坎坷。「唯日月之逾邁兮，俟河清其未極」，表達了一種時光流逝，但卻無法期待天下太平的情懷，文字裡流露著急切與無望。「心悽愴以感發兮，意忉怛而憯惻」一句的感情是極為深刻的，他親身經歷了漢末的離亂，寄身荊州讓他在生活和精神上都處於壓抑狀態，故而憂慮天下的情懷包裹著一層深沉的悲哀，在詩中表露無遺。儘管這樣，王粲並未輕易放棄自己。「夜參半而不寐兮，悵盤桓以反側」，詩中寫的這種痛苦，正是那敏銳的神經和不甘的內心的真實反映。他的好友，同為建安詩人的曹植，後來曾讚揚他說：「身窮志達，居鄙行鮮，振冠南嶽，濯纓清川，潛處蓬室，不干勢權。」儘管寄人籬下，但他內心始終保有尊嚴。

建安七子中，王粲的藝術成就最高，創作領域也最廣泛，他既寫出〈登樓賦〉這樣的賦體文章，也寫出〈七哀詩〉那樣記錄史實，滿懷惻隱與悲憫的詩歌，尤其是「出門無所見，白骨蔽平原。路有飢婦人，抱子棄草間。」彷彿是一幀攝影，永遠閃耀於詩歌史上。他還寫出了成熟的五言〈從軍詩〉，如詩中

的「白日半西山，桑梓有餘暉。蟋蟀夾岸鳴，孤鳥翩翩飛。」無論是句式結構，還是意境，都已非常成熟，可以說是唐代從軍詩歌的先聲。

王粲不但有文學才華，而且有政治才幹，追隨曹操後，他曾向曹操分析袁紹、劉表失敗的原因，得到曹操的讚許。他博學多識，熟悉典章制度，對曹操、曹丕父子的諮詢，往往能夠對答如流。面對朝堂大事，反應靈敏，寫奏議一揮而就，即便是王朗、鍾繇等官場大僚，也只能甘拜下風。王粲的文學造詣和政治才幹，使他與三曹父子建立了良好的私人關係。他去世後，曹植在紀念他的詩中說：「文若春華，思若湧泉，發言可詠，下筆成篇。」在他的葬禮上，身為魏王世子的曹丕，對一同送葬的朋友們說：「仲宣（王粲的字）平時喜歡聽驢叫，我們一人學一聲驢叫，為他送行吧！」結果一片驢鳴。可見曹氏兄弟與他的私人情義之深厚，亦可見魏晉人的風流與行跡。

〈歸去來辭〉

【作者及作品】

　　作者是東晉詩人陶淵明，晉孝武帝太元十八年（393）起，他被任命為江州祭酒（主管地方教育的官員），義熙元年任職彭澤令，在出仕為官的這十三年裡，他曾多次歸隱，但為了生存，又不得不踏上仕途。他曾有過一番豪壯的政治抱負，寫過「刑天舞干鏚，猛志固常在」這樣的詩句。然而，當時政治十分黑暗，軍閥們爭權奪利，百姓民不聊生。他不願同流合汙，故而每次當官不久旋即辭職。

　　安帝義熙元年（405）仲秋，陶淵明履職彭澤縣令八十多天便棄官了。《宋書·陶潛傳》和梁昭明太子蕭統所作的《陶淵明傳》都有記錄這件事。地方上來了一位督郵（郡守的屬官，職守是代表太守督察縣鄉），屬下要他穿上官袍去迎接，他生氣地說：「我不願為五斗米折腰向鄉里小兒！」隨即掛印不做了，並寫了這篇〈歸去來辭〉明志。朱熹《楚辭集注》中也引用了這個說法。歐陽脩對這篇文章評價很高，說「兩晉無文章，幸獨有此篇爾」，朱熹說這篇文章有《楚辭》之風，但卻沒有那種怨尤的、令人皺眉的問題，讚譽甚高。

《楚辭》後語

　　余家貧，耕[931]植[932]不足以[933]自給[934]。幼稚[935]盈[936]室，缾[937]（ㄆㄧㄥˊ）無儲粟[938]（ㄙㄨˋ），生生[939]所資[940]，未見其術[941]。親故多勸余為長吏[942]，脫然[943]有懷[944]，求之靡（ㄇㄧˇ）途[945]。會[946]有四方[947]之事，諸侯[948]以惠愛為德，家叔[949]以[950]余貧苦，遂見[951]用於小邑。於時風波[952]未靜[953]，心憚[954]（ㄉㄢˋ）遠役[955]，彭澤[956]去家百里，公田之利，足以為酒。故便求之。及少日，眷（ㄐ

[931]	耕：種田。
[932]	植：植桑。
[933]	以：來。
[934]	給：供給。
[935]	幼稚：指家裡的小孩。
[936]	盈：裝滿。
[937]	缾：同「瓶」，是一種口小腹大的陶器。
[938]	粟：小米，此處泛指穀物。
[939]	生生：指維持生計。第一個「生」為動詞，後一個為名詞。
[940]	資：憑藉。
[941]	術：經營生計的本事。
[942]	長吏：職位較高的縣吏。此處指小官員。
[943]	脫然：輕快的樣子。
[944]	有懷：指有出仕的想法。
[945]	靡途：沒有門路。
[946]	會：適遇。
[947]	四方：指各地。
[948]	諸侯：指州郡一級的高官。
[949]	家叔：指陶淵明的叔叔陶逵，當時任太常卿，是主管祭祀和文化的官員。
[950]	以：因為。
[951]	見：被。
[952]	風波：指東晉時的權臣爭鬥。
[953]	靜：平靜。
[954]	憚：害怕。
[955]	役：服役。
[956]	彭澤：地名，在今江西省湖口縣東。

〈歸去來辭〉

ㄩㄢˋ）然[957]有歸歟（ㄩˊ）之情[958]。何[959]則[960]？質性[961]自然，非矯厲[962]（ㄐㄧㄠˇ ㄌㄧˋ）所得。飢凍雖切[963]，違己[964]交病[965]。嘗[966]從人事[967]，皆口腹自役[968]。於是悵（ㄔㄤˋ）然[969]慷慨（ㄎㄤ ㄎㄞˇ），深愧平生之志。猶[970]望一稔[971]（ㄖㄣˇ），當斂（ㄌㄧㄢˋ）裳[972]宵[973]逝[974]。尋[975]程氏妹[976]喪於武昌[977]，情[978]在[979]駿奔[980]，自免去

[957]　眷然：依戀的樣子。
[958]　歸歟之情：回歸的心情。
[959]　何：什麼。
[960]　則：道理。
[961]　質性：本性
[962]　矯厲：造作勉強。
[963]　切：迫切。
[964]　違己：違反自己的心意。
[965]　交病：思想之痛苦。
[966]　嘗：曾經。
[967]　從人事：從事官場往來。
[968]　口腹自役：為了填飽肚子而自我驅使。
[969]　悵然：失意。
[970]　猶：仍然。
[971]　一稔：公田的一次收穫。稔，穀物成熟。
[972]　斂裳：收拾行李。
[973]　宵：星夜。
[974]　逝：離開。
[975]　尋：不久。
[976]　程氏妹：嫁入程家的妹妹。
[977]　武昌：指今湖北鄂城縣。
[978]　情：弔喪之情。
[979]　在：像。
[980]　駿奔：急著趕去奔喪。

163

職。仲秋[981]至冬,在官八十餘日。因事[982]順[983]心,命篇曰〈歸去來兮〉。乙巳歲[984]十一月也。

【譯文】

　　我家貧困,依靠耕田種桑不足自給。年幼的孩子多,裝米的甕裡沒有儲存的餘糧,維持全家的生計,再想不到別的辦法。親友們都勸我去當個小官,我對此豁然而有所思,但出仕也沒有門路。恰巧各地進行勤王,州郡長官們都以廣施仁愛為美德。我擔任太常卿的叔父因為家境困難,就推薦我到小縣擔任縣令。當時討伐叛逆的戰爭還未平息,我也害怕去遠方當差。彭澤縣離我家只有百餘里,公田裡收穫的糧食,足以釀酒,因而就求取這個官職。到任只幾天,十分懷念家鄉,有回歸的念頭。為何呢?我本性率真自然,不能勉強改變。飢餓與苦寒雖也是切骨之痛,但違背本心就身心憔悴成病。從前在官場上周旋,那是為了吃飽飯役使自己。於是惆悵的感慨,深深的愧疚平生志向未實現。本想做到田裡的糧食收割,就打點行裝乘夜離去。但不久嫁到程家的妹妹在武昌辭世,急切的趕著去弔唁,於是自己遞上了辭呈。從八月仲秋到入冬,當官總計八十多天。因此事遂了心願,寫了篇名為〈歸去來兮〉的文章。時在乙巳年的十一月。

[981]　仲秋:指農曆八月。
[982]　事:辭官。
[983]　順:順遂。
[984]　乙巳歲:指晉安帝義熙元年(405)。

〈歸去來辭〉

　　歸去來兮[985]，田園將蕪（ㄨˊ）胡[986]不歸？既自以心[987]為形[988]役[989]，奚[990]（ㄒㄧ）惆悵[991]而獨悲？悟已往[992]之不諫[993]（ㄐㄧㄢˋ），知來者[994]之可追[995]。實[996]迷途[997]其[998]未遠，覺今是而昨非。舟遙遙[999]以輕颺（ㄧㄤˊ），風飄飄而吹衣。問征夫[1000]以[1001]前[1002]路，恨[1003]晨光之熹微[1004]（ㄒㄧ ㄨㄟˊ）。乃瞻[1005]（ㄓㄢ）衡宇[1006]，載欣載奔。僮（ㄊㄨㄥˊ）僕歡迎，稚子候門。三徑[1007]就[1008]荒，松菊猶存。攜幼入室，有酒盈樽[1009]（ㄗㄨㄣ）。引[1010]壺觴（ㄕ

[985]　歸去來兮：回去吧！來，語助詞，表趨向。兮，語氣詞。
[986]　胡：為什麼。
[987]　心：意願、心意。
[988]　形：形體，指人的物質存在。
[989]　役：奴役、役使。
[990]　奚：為什麼。
[991]　惆悵：失意的樣子。
[992]　已往：過去。
[993]　諫：諫止、勸停。
[994]　來者：未來之事。
[995]　追：挽救、追回。
[996]　實：的確。另說認知到。
[997]　迷途：指當官。
[998]　其：大概。
[999]　遙遙：形容搖擺不定。
[1000]　征夫：行路之人。
[1001]　以：把。
[1002]　前：前面的。
[1003]　恨：遺憾。
[1004]　熹微：天剛亮的樣子。
[1005]　瞻：遠望。
[1006]　衡宇：指簡陋的房屋。
[1007]　三徑：漢朝人蔣詡隱居後，在院子裡的竹林下開闢三條小路，只與少數朋友往來。後來以「三徑」代指隱士的居所。此處泛指院子裡的路。
[1008]　就：近於。
[1009]　盈樽：倒滿杯子。
[1010]　引：拿來。

165

尤）以自酌（ㄓㄨㄛˊ），眄[1011]（ㄇㄧㄢˇ）庭柯[1012]以[1013]怡顏[1014]。倚南窗以寄傲[1015]，審[1016]容膝[1017]之易安。園日涉[1018]以成趣，門雖設而常關。策[1019]扶老以流憩[1020]（ㄑㄧˋ），時矯[1021]首而遐（ㄒㄧㄚˊ）觀。雲無心[1022]以出岫[1023]（ㄒㄧㄡˋ），鳥倦飛而知還。景[1024]翳（ㄧˋ）翳[1025]以將入，撫孤松而盤桓[1026]。

【譯文】

回去吧！田園都荒蕪了為何不回歸？既然心靈被軀殼所役使，為什麼惆悵而悲傷？我悔悟過去已不可挽回，深悉未來尚可補救。踏上迷途還沒有走太遠，覺悟如今的選擇正確而過去錯誤。小船在水上輕快的前進，習習的清風吹著衣衫。我向路上的行人詢問前方的路，只恨天亮的太緩慢。終於看見自家的房屋，充滿歡喜的跑了過去。家裡的僕人歡迎我，年幼的孩子

[1011]　眄：斜著眼睛看，此處泛指隨便看。
[1012]　柯：樹枝。
[1013]　以：為了。
[1014]　怡顏：使臉上現出愉悅的神色。
[1015]　寄傲：寄託傲然自得的心情。
[1016]　審：覺察。
[1017]　容膝：只能放得下雙膝的小屋，指狹小。
[1018]　涉：涉足、走到。
[1019]　策：指拄著手杖。
[1020]　流憩：指到處走一走或稍作休息。
[1021]　矯：舉。
[1022]　無心：無意地。
[1023]　岫：有洞穴的山，此處泛指山峰。
[1024]　景：同「影」，指太陽。
[1025]　翳翳：形容陰暗的樣子。
[1026]　盤桓：盤旋、徘徊，形容留戀不捨。

們守候在門口。院子裡的小路長出了荒草，松樹和菊花仍然還在。我牽著孩子們的手進了屋，看見酒樽的酒是滿的。我端起酒壺為自己倒酒，看著庭院中的樹心中愉悅；倚靠在南邊的窗下寄託傲然的心情，覺得在狹窄的小屋裡也很安心。每天去園子裡走一趟也很有趣，小園雖然有門但經常關著。拄著枴杖走一會兒歇一會兒，經常抬起頭眺望遠方。雲氣自然的從遠山的罅隙中湧出，小鳥飛的倦了也知道回巢；太陽的光黯淡將要落山，我手撫孤松留戀徘徊。

歸去來兮，請[1027]息交[1028]以絕遊[1029]。世與我而相遺，復駕[1030]言[1031]兮焉求？悅親戚之情話[1032]，樂琴書以消憂。農人告余以春及[1033]，將有事[1034]於西疇[1035]（ㄔㄡˊ）。或命巾車[1036]，或棹[1037]（ㄓㄠˋ）孤舟。既窈窕[1038]（一ㄠˇ ㄊ一ㄠˇ）以尋壑[1039]（ㄏㄨㄛˋ），亦崎嶇（ㄑ一ˊ ㄑㄩ）而

[1027] 請：謙敬副詞。
[1028] 息交：停止與人往來。
[1029] 絕遊：斷絕交遊。
[1030] 駕：駕車，此處指駕車出遊去追求想得到之物。
[1031] 言：助詞。
[1032] 情話：知心的言詞。
[1033] 春及：春天來了。
[1034] 有事：指耕種的農事。
[1035] 疇：田地。
[1036] 巾車：有帷簾的小車。
[1037] 棹：本義為船槳，此處為動詞划船。
[1038] 窈窕：幽深而曲折的樣子。
[1039] 壑：山中的溝壑。

經丘。木欣欣以向榮，泉涓涓[1040]而始流。善萬物之得時，感吾生之行休。

【譯文】

　　回去吧！我要停止交際斷絕往來。世事與我的心意相違背，再去遠行還能追求什麼呢？因親人間的知心話而開心，以彈琴讀書之樂來排遣憂愁。農夫告訴我春天來了，西邊的田地裡將要播種。有時叫一輛有簾子的小車出門，有時划一艘小船遊蕩。有時在幽深的山谷裡探訪，有時在崎嶇的道路上觀景。草木十分茂盛，泉水清澈而細微。親善自然界的萬物在春天生發，感嘆我自己的一生就這樣結束。

　　已矣乎[1041]！寓形[1042]宇內[1043]能復幾時？曷[1044]（ㄏㄜˊ）不委心[1045]任去留[1046]？胡為遑（ㄏㄨㄤˊ）遑[1047]欲何之[1048]？富貴[1049]非吾願，帝鄉[1050]不可期[1051]。懷[1052]良

[1040]　涓涓：形容水流細微。
[1041]　已矣乎：算了吧！「矣」、「乎」均為助詞，連用是為了加強感嘆的語氣。
[1042]　寓形：寄生。
[1043]　宇內：天地間。
[1044]　曷：何。
[1045]　委心：隨心。
[1046]　去留：指人在世間的生死。
[1047]　遑遑：形容不安。
[1048]　之：往。
[1049]　富貴：高官厚祿。
[1050]　帝鄉：指都城。
[1051]　期：希望、企及。
[1052]　懷：留戀、愛惜。

〈歸去來辭〉

辰[1053]以孤[1054]往，或植[1055]杖而耘[1056]（ㄩㄣˊ）耔[1057]（ㄗˇ）。登東皋[1058]（ㄍㄠ）以舒[1059]嘯[1060]，臨清流而賦詩。聊[1061]乘化[1062]以歸盡[1063]，樂夫[1064]天命復[1065]奚（ㄒㄧ）疑[1066]！

【譯文】

　　就這樣吧！寄生在天地之間還能有多久，何不隨心快意的決定去和留？為何心神不寧想去那裡？追求富貴不是我的願望，京城的名利不是我的期待。愛惜這美好的時光獨自外出。有時扶著手杖去除草培苗；登上東邊的小山放聲長嘯，傍著清澈的溪流吟誦詩篇。姑且順從自然走完生命之路，樂安天命還有什麼可疑慮！

[1053]　良辰：前文所指的春天。
[1054]　孤：獨自外出。
[1055]　植：立、扶著。
[1056]　耘：除草。
[1057]　耔：培苗。
[1058]　皋：水邊的高地。
[1059]　舒：放。
[1060]　嘯：古人用嘴巴發聲的一種獨特方式，清越嘹亮。《幽夢影》中說：「古之不傳於今者，嘯也。」具體的發聲方式已不可考證。
[1061]　聊：姑且。
[1062]　乘化：順從大自然的變化。
[1063]　歸盡：到死。盡，死亡。
[1064]　夫：語助詞，無實義。
[1065]　復：還有。
[1066]　疑：疑慮。

《楚辭》後語

【延伸】

　　陶淵明家世顯赫,他的曾祖父陶侃是東晉軍事家、政治家,由於軍功顯著,累官至大司馬,主管八州軍事,封長沙郡公。他的祖父陶茂、父親陶逸雖然不像曾祖那樣輝煌,但都曾擔任太守之職。陶淵明九歲時父親去世,代表著這個家族走向衰微。因衣食無依,他們母子被外祖父孟嘉接到家裡。孟嘉是個名士,喜歡喝酒,為人放浪形跡,家裡有很多書,少年時的陶淵明,就是在外祖父的影響下長大的,既讀過《老子》、《莊子》等書籍,也讀過儒家經典。青年時代的他胸藏「大濟蒼生」之志,希望像祖輩那樣建功立業。曾寫下「猛志逸四海,騫翮思遠翥」這樣大氣磅礡的詩句。也寫下〈詠荊軻〉那樣豪氣干雲的作品:「燕丹善養士,志在報強嬴。招集百夫良,歲暮得荊卿。君子死知己,提劍出燕京;素驥鳴廣陌,慷慨送我行。雄髮指危冠,猛氣充長纓。飲餞易水上,四座列群英。漸離擊悲築。宋意唱高聲。蕭蕭哀風逝,淡淡寒波生。商音更流涕,羽奏壯士驚。心知去不歸,且有後世名。登車何時顧,飛蓋入秦庭。凌厲越萬里,逶迤過千城。圖窮事自至,豪主正怔營。惜哉劍術疏,奇功遂不成。其人雖已沒,千載有餘情。」全詩激情澎湃,頗有點後世李白的風采。很難想像這樣充滿穿透力的句子,會和那些〈飲酒〉那樣沖淡遠逸的詩句,出自同一人之手。

　　晉安帝元興二年(403),門閥桓玄篡權,自立為楚國的皇

帝。元興三年（404），大將劉裕起兵討伐桓玄，殺入東晉都城建康（今南京），桓玄倒臺。但是到了義熙元年（405），僅僅只過了15年時間，劉裕又成了另一個桓玄，徹底控制了朝政。為了搶奪權力，權貴們發動一次又一次的戰爭，文明遭到破壞，文化菁英們也成了奪權的犧牲品，古都建康在戰爭中遭到多次進攻，百姓也跟著遭殃。面對這種政治環境，陶淵明失望透頂。

陶淵明在劉裕、劉敬宣麾下任職時間都不長。但後來為了生計，他在叔叔陶逵的舉薦下，擔任了彭澤縣令這個小官職，但只做了八十多天，上級派來一個督郵視察工作，屬下告訴他要穿戴整齊去迎接。陶淵明一聽小小督郵居然這麼大排場，頓時大怒，這不僅讓人想起《三國演義》開頭張飛「鞭打督郵」的故事，當時的陶大縣令也很生氣，但他畢竟不是張飛，沒有那麼暴力，故而只是掛印辭職。

陶淵明辭官後，回到了上京（今江西星子縣內）的故土，這裡風景非常優美。上京背靠廬山，面朝湖水，遠望一片沃土，斜川中流，水鷗翻飛。湖中帆影片片，水中的鯉魚常常躍出水面，不但是讀書的好地方，更是隱居的好地方。陶淵明曾說這裡「平疇交遠風，良田亦懷新」。在西畈，他像一個真正的農民，過著「躬耕自足」的生活。他的夫人翟氏十分賢惠，為人淡定安閒，不追慕富貴。他們「夫耕於前，妻鋤於後」，倒也充滿田園情調。

「結廬在人境,而無車馬喧。問君何能爾?心遠地自偏。採菊東籬下,悠然見南山。山氣日夕佳,飛鳥相與還。此中有真意,欲辨已忘言。」這麼空靈,有田園風氣的詩歌,也只有在這種生活中才能寫得出來。當他寫下〈歸去來辭〉的時候,期待的正是這樣的詩酒生涯吧!

義熙四年(408),陶淵明的家中發生一場大火,他從上京遷至慄里(今星子縣溫泉慄里陶村),生活開始貧困。如果收成好,還能夠「歡會酌春酒,摘我園中蔬」;如果收成不好,則「夏日抱長飢,寒夜列被眠」。儘管如此,他仍然能夠安貧樂道,自娛自樂。

義熙末年的一天,一個老農清晨來叩門,帶著酒與他同飲,喝得歡暢處,老農勸他「襤褸屋簷下,未足為高棲。一世皆尚同,願君汩其泥。」這些話和屈原〈漁父〉裡漁父的說法幾乎一致,陶淵明在詩中做了這樣的回答:「深感老父言,稟氣寡所諧。紆轡誠可學,違已詎非迷?且共歡此飲,吾駕不可回。」表現了堅決不和統治者合作的態度。陶淵明辭官隱居長達22年,始終堅守著田園生活。

元嘉四年(427年)九月中旬,處於彌留之際的陶淵明,寫給自己三首輓詩,他在第三首中說:「死去何所道,託體同山阿」,對死亡表現超然的平靜。寫完詩不久後,就走完了自己的人生路。他的作品語言質樸無華,但讀來餘韻不絕,很耐讀,就好像一杯清茶,愈品愈有味道。千古而下,依舊擁有無數支持者。

〈鳴皋歌〉

【作者及作品】

　　作者李白，唐代著名詩人。此詩寫於唐天寶四年（745），是時李白離開了長安，到梁宋之間漫遊。「宋刊本」此詩下有注，曰：「時梁園三尺雪，在清泠池作」，當時李白與友人岑勳一起遊了西漢梁孝王劉武的梁園之遺址，並在此送別友人歸鳴皋山，故而寫了此詩。朱熹《楚辭集注》中說，李白的這篇作品最像《楚辭》的風格。事實上，李白對屈原的作品有過深入研究，他的作品中也不時可見屈原的影子，他更是高度評價了屈原，詩中有「屈平詞賦懸日月，楚王臺榭空山丘」之句。

　　若有人兮思鳴皋[1067]（ㄍㄠ），阻積雪兮心煩勞。

　　洪河凌[1068]兢[1069]（ㄐㄧㄥ）不可以徑度，冰龍鱗兮難容舠（ㄉㄠ）。

　　邈（ㄇㄧㄠˇ）仙山之峻（ㄐㄩㄣˋ）極[1070]兮，聞天籟（ㄌㄞˋ）之嘈嘈。

[1067]　若有人兮思鳴皋：這個句式是李白模仿屈原〈九歌·山鬼〉中的「若有人兮山之阿」這一句而來的。若，語氣詞，無實義。鳴皋山位於今河南省嵩縣東北。
[1068]　凌：冰凌。
[1069]　兢：形容小心謹慎。
[1070]　峻極：高大到了極點。

173

《楚辭》後語

　　霜崖[1071]縞（《ㄠˇ）皓[1072]以合遝[1073]兮，若長風扇海，湧滄溟（ㄘㄤ ㄇㄧㄥˊ）之波濤。

　　玄猿[1074]綠羆[1075]（ㄆㄧˊ），舔餤[1076]（ㄊㄢˋ）崟岌[1077]（ㄧㄣˊ ㄐㄧˊ），

　　危柯（ㄎㄜ）振石，駭（ㄏㄞˋ）膽慄魄，群呼而相號。

　　峰崢嶸（ㄓㄥ ㄖㄨㄥˊ）以路絕，掛星辰於崖嶅[1078]（ㄠˋ）！

　　送君之歸兮，動〈鳴臯〉之新作。

　　交鼓吹兮彈絲，觴[1079]（ㄕㄤ）清泠[1080]（ㄌㄧㄥˊ）之池閣。

　　君不行兮何待？若返顧之黃鶴。

　　掃梁園之群英[1081]，振大雅於東洛。

　　巾征軒[1082]兮歷阻折，尋幽居兮越巘崿[1083]（ㄧㄢˇ ㄜˋ）。

　　盤白石兮坐素月，琴松風兮寂萬壑（ㄏㄨㄛˋ）。

[1071]	霜崖：積滿霜雪的山崖。	
[1072]	縞皓：潔白的顏色。	
[1073]	合遝：重疊的樣子。	
[1074]	玄猿：黑色的猿猴。	
[1075]	綠羆：長綠毛的大熊，形容其神異。	
[1076]	餤：吐舌頭。	
[1077]	崟岌：高而險的山。	
[1078]	嶅：山上的小石塊。	
[1079]	觴：暢快的飲酒。	
[1080]	清泠：指清泠池，是宋州梁園的名勝。	
[1081]	梁園之群英：指曾經在梁孝王園子裡得到賞識的枚乘、鄒陽、司馬相如等人。梁園，是西漢梁孝王劉武營造的園林，後世以此處為名勝。	
[1082]	征軒：遠行的車。軒，軒車。	
[1083]	巘崿：山崖、峰巒。	

174

〈鳴皋歌〉

望不見兮心氤氳[1084]（一ㄣ ㄩㄣ），蘿[1085]冥冥兮霰（ㄒ一ㄢˋ）紛紛。

水橫洞以下涘（ㄉㄨˋ），波小聲而上聞。

虎嘯谷而生風，龍藏溪而吐雲。

寡鶴清唳[1086]（ㄌ一ˋ），飢鼯[1087]（ㄨˊ）顰（ㄆ一ㄣˊ）呻[1088]。

塊獨[1089]處此幽默[1090]兮，愀[1091]（ㄑ一ㄠˇ）空山而愁人。

雞聚族以爭食，鳳孤飛而無鄰。

蝘蜓[1092]（一ㄢˇ ㄊ一ㄥˊ）嘲龍，魚目混珍[1093]。

嫫（ㄇㄛˊ）母[1094]衣錦，西施負薪。

若使巢由[1095]桎梏[1096]（ㄓˋ ㄍㄨˋ）於軒冕（ㄒㄩㄢ ㄇ一ㄢˇ）兮，亦奚異於夔（ㄎㄨㄟˊ）龍[1097]蹩（ㄅ一ㄝˊ）於風塵！

[1084] 氤氳：又作「紛紜」。
[1085] 蘿：女蘿。
[1086] 清唳：仙鶴叫聲清亮。
[1087] 鼯：形似松鼠的小動物。
[1088] 顰呻：皺著眉頭呻吟。
[1089] 塊獨：孤獨的樣子。
[1090] 幽默：指寂然無聲。
[1091] 愀：憂懼的樣子。
[1092] 蝘蜓：壁虎。
[1093] 魚目混珍：魚目混珠。
[1094] 嫫母：傳說是黃帝的妃子，容貌醜，但是有賢德。
[1095] 巢由：指上古時期的著名隱士巢父、許由。
[1096] 桎梏：枷鎖。
[1097] 夔龍：傳說中只有一隻足的龍。

《楚辭》後語

哭何苦而救楚[1098]，笑何誇而卻秦[1099]？

吾誠不能學二子[1100]沽名矯（ㄐㄧㄠˇ）節以耀世兮，固將棄天地而遺身！

白鷗兮飛來，長與君兮相親。

【譯詩】

有一個人思念鳴皋峰，被積雪所阻而亂了心神。

黃河上漂滿了冰凌不能輕易渡過，浮冰容不下一隻小船如同翻動的龍鱗。

飄渺的仙山直入雲端，高天上蕩著長風。

落滿霜雪的層疊山巒白了頭，彷彿強風捲起的海浪湧動千層波紋。

黑色的猿猴和綠色的熊出沒，在山岩間露出猙獰的面孔。

風搖撼孤懸的枯樹似欲與巨石墜落，動人動魄，齊聲發出驚駭的聲音。

陡峭的山岩阻斷了行路，星星彷彿倒懸於崖峰。

送你回歸我的朋友，寫下這首〈鳴皋之歌〉。

餞行宴上奏響絲竹之聲，清泠池邊的亭閣裡痛飲。

[1098] 哭何苦而救楚：春秋時伍子胥的父兄被楚王殺害，伍子胥奔逃到吳國，得到吳王重用，率領吳軍殺回楚國，幾乎滅楚。楚國大臣申包胥到秦國請求救兵，在秦庭大哭七日，終於感動秦王，出兵救楚。此處所用的就是「申包胥哭秦庭」的典故。

[1099] 笑何誇而卻秦：秦國圍困趙國都城邯鄲，齊國人魯仲連去說服了魏國使臣辛垣衍，從而使魏國出兵解圍。此處所用的是「魯仲連義不帝秦」的典故。

[1100] 二子：指申包胥、魯仲連。

〈鳴皋歌〉

你此時不走還等待什麼，像迴旋的黃鶴。

超越昔日在梁園相聚的英才，讓自己的大名響徹東洛。

駕著一展雄才的車駕卻歷經曲折，往那深幽的山中尋找隱居之所。

坐在白石上玩賞明月，彈一曲〈風入松〉靜觀群山萬壑。

望不見你心思紛亂，煙霞般的女蘿間飄起了紛紛的雨雪。

泉水激盪在山的巖穴中，聽得見細小的流水聲。

山谷中的老虎長嘯生風，深溪中的蒼龍吐氣成雲。

孤飛的白鶴發出清越的長鳴，飢餓的鼯鼠在草木間低吟。

孤獨的居於這寂然無聲的世界，對此空山怎不愁人。

雞聚攏在一起爭搶食物，鳳凰獨飛卓爾不群。

牆角的壁虎嘲笑飛龍，魚眼睛混在明珠之中。

醜女身穿華麗的衣裙，美人西施背負著柴薪。

假如讓巢父和許由擁有枷鎖般的豪車與冠冕，何異於讓夔龍跳躍於風塵！

申包胥為救楚國而大哭於秦廷，魯仲連談笑間退卻了秦兵。

我不能像這兩人沽名釣譽矯名立節誇耀於後人，我將在天地間遺失而立！

白鳥翩然飛來，我將與君終身為友。

【延伸】

這首詩是李白送別朋友岑勳的詩，當時李白和友人都在宋州的梁園（在今河南商丘市睢陽區），而岑勳準備去嵩縣的

鳴皋山（今屬洛陽）隱居。從地理位置上來說，兩地相距並不遠，不過三百八十多公里而已，並非天涯海角。那麼，在李白的詩中，為何出現了被積雪所阻（阻積雪兮心煩勞），被結冰的大河所擋（洪河凌兢不可以徑度），要越過高峻接天的大山（邈仙山之峻極兮），要渡過積滿雪的群山（霜崖縞皓以合遝兮）……明明友人相距不遠（用我們今天的標準），為何卻寫的像是萬里長征呢？這是一種藝術上的誇張手法，其目的在於渲染「咫尺天涯」的難捨。李白非常善於渲染這種旅途的艱難，如〈行路難〉中的「欲渡黃河冰塞川，將登太行雪滿山。」〈梁園吟〉中的「我浮黃河去京闕，掛席欲進波連山。」這也許與他常年旅行，內心漂泊無依的那種情結有關。與朋友在梁園痛飲狂歌（交鼓吹兮彈絲，觴清泠之池閣），絲竹之聲盈耳的快意，被離別的痛苦所打斷，從而產生了一種到無盡遠地方的錯覺。

儘管詩人並未隨友人一起去隱居，但卻想像出友人隱居之所的那種曠古之幽與美。寧靜的月亮照耀在白色的石頭上，彈一曲古調後萬山俱寂。掛滿女蘿的松柏間，小雪珠輕輕的飄落。清澈的水匯入山腹那些幽深的洞穴中，不停的湧動和激盪，發出聲音，直達人的耳畔。幽谷中不斷有風在呼嘯，彷彿是老虎的怒吼，深溪雲霧籠罩，彷彿有龍隱藏。古之仁人志士，尤其是懷抱著屈原那樣家國情懷的志士，無不以天下為己任，既然岑勛懷有「掃梁園之群英，振大雅於東洛」那樣的才

華，為何還要隱居到如此人跡罕至的地方呢？前面的這些描寫，彷彿是大力敲擊響鼓，都是為後面的詩句做鋪陳的。「雞聚族以爭食，鳳孤飛而無鄰」以下十二句，表達了鳳凰不會與雞群為伍的骨氣。他以上古的隱士巢父和許由為例，說名利就像枷鎖一樣。事實上，李白的詩中一直存在一種矛盾，一方面想實現自己治國平天下的壯志，另一方面又無法與庸碌名利之徒為伍。他有一展抱負的雄心，卻又孤高不群。這種矛盾，是藝術上的真實，也是性情上的真實。

此詩的詩體並非唐代流行的詞句整齊、平仄嚴格的近體詩，而是李白模仿《楚辭》自創的一種詩體。雖然句子長短不齊，但是錯落有致，間以「兮」字成韻，充滿了節奏感。李白的作品中，與此詩的寫法比較接近的還有〈夢遊天姥吟留別〉、〈蜀道難〉等詩，雖然體古，但是並不生僻深奧。對此詩和《楚辭》的關係，歷代學者皆有差不多的說法。宋《艇齋詩話》中就說：「古今詩人有〈離騷〉體者，唯李白一人，雖老杜亦無似〈騷〉者……〈鳴皋歌〉云：『雞聚族以爭食，鳳孤飛而無鄰。蝘蜓嘲龍，魚目混珍。嫫母衣錦，西施負薪。』如此等語，與〈騷〉無異。」明人許學夷《詩源辨體》中說：「太白〈鳴皋歌〉雖本乎〈騷〉，而精彩絕出，自是太白手筆。」周珽《唐詩選脈會通評林》中說：「通篇仿《楚辭》意，發衰世之慨。」清代人王琦說：「〈鳴皋歌〉一篇，本末《楚辭》也，而世誤以為詩，因為出之，其略曰：『蝘蜓嘲龍，魚目混珍。嫫母衣錦，

西施負薪。』此諄諄效屈原〈卜居〉及賈誼〈弔屈原〉語,而白才自逸蕩,故或離而去之云。」王有宗《十八家詩鈔評注》則說:「此詩聲響,逼似〈九辯〉。」

「雞聚族以爭食,鳳孤飛而無鄰。鼴蜓嘲龍,魚目混珍」等句子,與〈惜誓〉中的「黃鵠後時而寄處兮,鴟梟群而制之。神龍失水而陸居兮,為螻蟻之所裁」,可謂是後效於前,李白受楚辭的影響之深,自不無須多言。

〈引極〉

【作者及作品】

　　作者是唐代詩人元結。元結，字次山，為人性格耿介。早先應試不第，曾在商餘山隱居。直到唐玄宗天寶二十年，才考上進士，此時距離第一次參加考試已經過了十六年。安史之亂時，曾招募義軍抗擊史思明叛軍。唐代宗時，曾被任命為道州刺史，後任容管經略使（地方軍政長官名）。元結的一生有隱居時期，也有出仕時期，這首詩寫的是大自然的空曠與玄遠之美，可能寫於其不第後的隱居時期。表達一種不得意的內在狀態，藝術手法上得《楚辭》精髓。宋儒朱熹對此詩評價甚高，收錄在《楚辭集注》中，朱子說其文字沖淡而隱約，就好像古鐘磬不諧於里弄，而詞義幽渺，玩之悠然，若有塵外之趣。

　　天曠㳽[1101]（ㄇㄤˇ）兮杳（一ㄠˇ）泱（一ㄤ）茫[1102]，氣浩浩兮色蒼蒼。
　　上何有兮人不測，積清寥[1103]兮成元極[1104]。
　　彼元極兮靈且異，思一見兮藐[1105]（ㄇ一ㄠˇ）難致。

[1101]　曠㳽：浩渺而空蕩。曠，開闊。㳽，水深且廣。
[1102]　杳泱茫：廣遠而渺茫。
[1103]　清寥：清幽靜寂。
[1104]　元極：指萬物的本源，也用來指天。
[1105]　藐：遠。

181

思不從兮空自傷，心慅[1106]（ㄙㄠ）勞兮意惶懷[1107]（ㄏㄨㄤˊ 日ㄨㄤˋ）。

思假[1108]翼兮鸞皇（ㄌㄨㄢˊ ㄏㄨㄤˊ），乘長風兮上扛[1109]（ㄏㄨㄥˊ）。

揖（一）元極兮本深實，餐至和兮永終日。

【譯詩】

天空的雲氣浩渺而無邊無涯，天色是那麼的湛藍青碧。

蒼穹之頂有什麼人所不知，億萬載積成的清寂而遼遠的神祕之所。

那個遙遠的高天有靈而且神異，想一睹其真面目太遠無法實現。

內心的志慮無法實現空自悲傷，內心躁動而情思憂懼。

想借一副鳳凰鸞鳥的翅膀，乘著大風高飛而去。

探究萬物之本源這般深微，享得安順長久的時光。

【延伸】

這雖然是一首唐代詩人寫的詩歌，但詞句卻十分古奧，直逼漢人之作。起首兩句把天空的浩渺和色彩描繪的十分壯麗，似乎令人目睹了那不可測的青冥，天神元極呼之欲出。這兩句詩氣象開闊，雄渾而大氣，令人有耳目一新之感。接下來的幾

[1106] 慅：騷動。
[1107] 惶懷：憂懼。
[1108] 假：借。
[1109] 扛：高飛。

句,寫想一睹神的尊顏而不可得,想擁有鳳凰的翅膀,飛到天空去,是承襲了〈離騷〉的傳統。這首詩雖流傳不廣,但是如擲地之金石,霍然有聲。

《楚辭》後語

〈山中人〉

【作者及作品】

　　作者是唐代詩人王維。別本作〈送友人歸山歌〉，朱熹《楚辭集注》作〈山中人〉。王維精通音律，擅長繪畫，以詩歌大名活躍於唐玄宗開元年間，是藝術氣質濃厚的詩人。安史之亂時，王維沒能逃出長安，而是被安史叛軍裹挾。叛亂平息後，由於弟弟王縉為其說情，甚至願意為之戴罪，加上他沒入叛軍時曾寫過表明心跡的詩，因而被寬赦。王維的一生是在半官半隱的狀態中度過的，這首詩寫的就是他身為隱士時的生活。

　　山寂寂[1110]兮無人，又蒼蒼[1111]兮多木。
　　群龍[1112]兮滿朝[1113]，君何為[1114]兮空谷[1115]？
　　文寡（ㄍㄨㄚˇ）和[1116]兮思深，道難知兮行獨[1117]。
　　悅[1118]石上兮流泉，與松間兮草屋。

[1110]　寂寂：寂靜無聲的樣子。
[1111]　蒼蒼：悠遠蒼茫的樣子。
[1112]　群龍：指俊才。
[1113]　滿朝：占滿朝堂。
[1114]　何為：為何。
[1115]　空谷：名詞做動詞用，躲藏在空谷。
[1116]　寡和：曲高和寡，能夠唱和回應的人少。
[1117]　行獨：行影孤單。
[1118]　悅：喜歡。

《楚辭》後語

入雲中兮養雞,上山頭兮抱犢(ㄅㄨˊ)。

神與[1119]棗兮如瓜,虎賣杏兮收穀。

愧不才兮妨賢,嫌既老兮貪祿[1120]。

誓解印兮相從,何詹尹[1121](ㄓㄢ ㄧㄣˇ)兮何卜。

【譯詩】

山中寂靜清幽無一人,長滿悠遠蒼茫的林木。

俊傑們占據滿朝堂,你為何隱居在山谷?

文辭曲高和寡思慮深遠,知行路艱險因此孤獨。

喜歡石頭上流淌的泉水,安居在松間的茅屋。

在雲霧深處養雞,上山頭的時候抱著小牛犢。

神仙贈給我像瓜那麼大的棗,和老虎換杏子然後收穀。

自愧才不如人不妨礙賢者的路,以免被人說老且貪戀官祿。

發誓解下官印跟隨本心,哪個算卦之人何不為我一卜。

山中人兮欲歸,雲冥冥[1122]兮雨霏霏[1123]。

水鷩波兮翠菅[1124](ㄘㄨㄟˋ ㄐㄧㄢ)蘼[1125](ㄇㄧˊ),白鷺忽兮翻飛。

[1119] 與:給與。
[1120] 貪祿:貪戀官位。
[1121] 詹尹:古代占卦卜筮者的名字。
[1122] 冥冥:形容天色昏暗。
[1123] 霏霏:雨雪密密的樣子。
[1124] 翠菅:水蔥。
[1125] 蘼:盛盡之美。

〈山中人〉

君不可兮褰[1126]（ㄑㄧㄢ）衣，山萬重兮一雲，混天地兮不分。

樹晻曖[1127]（ㄢˇ ㄞˋ）兮氛氳[1128]（ㄈㄣ ㄩㄣ），猿不見兮空聞。

忽山西兮夕陽，見東皋[1129]（ㄍㄠ）兮遠村。

平蕪[1130]（ㄨˊ）綠兮千里，眇[1131]（ㄇㄧㄠˇ）惆悵兮思君。

【譯詩】

住在山中的人準備歸來，雲氣低垂雨雪密密。

溪流蕩起一圈漣漪漂起翠色的水蔥，白鷺從水岸邊掠過。

你不要提起衣襟過河，群山之上浮雲遮蔽，天地混沌無法分辨。

樹木掩映雲霧朦朧，看不見的悲猿不斷發出啼聲。

忽然在山的西邊看見美麗的夕陽，看見東皋遠處的村莊。

平曠的原野上千里碧綠，我內心空茫惆悵只因思念你。

[1126]　褰：揭起。
[1127]　晻曖：掩映。
[1128]　氛氳：雲霧朦朧的樣子。
[1129]　東皋：地名。
[1130]　平蕪：草木叢生的平曠原野。
[1131]　眇：遠。

187

《楚辭》後語

【延伸】

　　王維的〈山中人〉氣調高雅，繼承了《詩經》、《楚辭》以來的偉大傳統。唐代宗李豫很喜歡王維的詩，在王維死後曾經下詔書徵集他的詩稿，王維的弟弟王縉編成詩集上呈，代宗皇帝在回應的手書中說：「卿（稱王縉）之伯氏（指王維），天下文宗。位歷先朝，名高希代。抗行周雅，長揖《楚辭》。調六氣於終篇，正五音於逸韻。泉飛藻思，雲散襟情。詩家者流，時論歸美，誦於人口，久鬱文房，謂以國風，宜登樂府。」其中「抗行周雅，長揖《楚辭》」，是說可以與《詩經》（「周雅」是對《詩經》的別稱）比肩，足以向《楚辭》致意。唐代宗李豫當皇帝的水準很一般，但是藝術鑑賞品味卻很高，敕書中對王維詩歌的藝術評論，是十分中允的。

　　在王維的這首詩裡，我們能夠看出〈山鬼〉和〈招隱士〉的某種傳承。「山寂寂兮無人，又蒼蒼兮多木。」與〈招隱士〉中的首句「桂樹叢生兮山之幽，偃蹇連蜷兮枝相繚」在意境上有異曲同工之妙，相較之下，〈招隱士〉詩句古雅幽微，王維的詩句則更空靈而玄遠，雖然同樣是「幽」，但文字的透明度不同。王維非常善於寫「空」這種意境，而且不止寫過一次，他在〈山居秋暝〉中說「空山新雨後，天氣晚來秋。明月松間照，清泉石上流。」在〈鳥鳴澗〉中說：「人閒桂花落，夜靜春山空。」在〈鹿砦〉中說：「空山不見人，但聞人語響。」每一種空，都各有層次，各不相同。這三首詩中，雖然寫「空」，

〈山中人〉

似乎是無人,但恰恰有的存在。而「山寂寂兮無人」一句,則非常鮮明的寫無人的狀態,將荒野的幽寂揭露的更加徹底。空山隱者,養雞抱犢,令人想到〈山鬼〉中與赤豹文貍相伴的那個形象。不同的是,〈山鬼〉中的人物是一個大自然原生的、具有靈性的人,而王維詩中所寫的,卻是一個受過人文薰陶,主動選擇走向山野的人。前者具有空幻感,而後者則是真實的人生選擇。選擇與自然同在,選擇人生的自適。

《楚辭》後語

〈魚山迎送神曲〉

【作者及作品】

　　作者是唐代詩人王維。《河嶽英靈集》中詩名作〈漁山神女智瓊祠歌〉,《樂府詩集》詩名作〈祠漁山神女歌〉,朱熹《楚辭集注》中作〈魚山迎送神曲〉,此處從朱子所錄之名。這是詩人為祭祀魚山神靈而寫的歌,頗有屈原〈九歌〉的意趣。關於魚山的所在地,古籍中有多處記載。《太平寰宇記》:「鄆州東阿縣有魚山,一名吾山。」或說,此山就是漢武帝〈瓠子歌〉所說的那座「吾山」。詩中所寫的神,便是此山之靈。

　　坎坎[1132]擊鼓,魚山之下。
　　吹洞簫,望極浦[1133](ㄆㄨˇ)。
　　女巫[1134]進,紛屢[1135]舞。

[1132]　坎坎:擊鼓的聲音。《詩經‧國風‧魏風‧伐檀》中有「坎坎伐檀」的句子,其詞義與此相同。
[1133]　極浦:遙遠的水濱。《九歌‧湘君》中有「望涔陽兮極浦」的句子,其詞義與此相同。
[1134]　女巫:迎神的女祭司。對於這種迎接降神的人,《國語》中說,男子稱作覡,女子稱作巫。
[1135]　屢:一再、多次。

陳[1136]瑤席[1137]，湛[1138]清酤[1139]。

風悽悽兮夜雨，神之來兮不來？使我心兮苦復苦。

【譯詩】

咚咚的擊鼓聲，響起在魚山下。

吹奏嗚嗚的洞簫，眺望遙遠的水濱。

美麗的女祭司們趨向前，紛紛起舞。

陳設精緻的象牙席，斟滿清冽的美酒。

蕭蕭的風帶來夜晚的雨，神靈降臨不降臨呢？我心中苦上加苦。

紛進拜[1140]兮堂前，目眷眷[1141]兮瓊筵[1142]（一ㄢˊ）。

來不語[1143]兮意不傳，作暮雨兮愁空山。

悲急管[1144]，思繁弦[1145]，靈之駕[1146]兮儼（一ㄢˇ）欲旋。

[1136] 陳：陳設、布置。
[1137] 瑤席：一種珍貴的席子。《九歌・東皇太一》中說「瑤席兮玉瑱」，其詞義與此相同。
[1138] 湛：清澈。
[1139] 清酤：美酒。《詩經・商頌・烈祖》中說：「既載清酤」，其詞義與此相同。
[1140] 拜：舞。
[1141] 眷眷：顧盼的樣子。
[1142] 瓊筵：盛宴、美宴。
[1143] 不語：不說話。
[1144] 急管：節奏快的管樂。
[1145] 繁弦：形容樂器演奏的熱鬧。
[1146] 靈之駕：神靈的車駕。

〈魚山迎送神曲〉

倏[1147]（ㄕㄨˋ）雲收兮雨歇，山青青兮水潺湲[1148]（ㄔㄢˊㄩㄢˊ）。

【譯詩】

在廟堂前紛至拜舞，在盛宴上目光顧盼。

來時悄然不語情義不傳，化作夜雨如愁緒般飄落在空山。

悲傷而急切的曲子，思緒伴隨著繁密的琴弦，女神的車駕剛降臨又準備離去。

忽然間雨過天晴，山巒青碧水波潺潺。

【延伸】

詩歌分為兩闋，第一闋為迎神，第二闋為送神。第一闋寫魚山下人們擊鼓、吹簫，不斷的眺望遠處的水濱。陳設祭祀用品，這與〈東皇太一〉中那種鋪陳十分相似。「風悽悽兮夜雨，神之來兮不來，使我心兮苦復苦」這一句，則與〈湘君〉中的「望夫君兮未來，吹參差兮誰思」的表達略近。很顯然，此詩受到〈九歌〉的深刻影響。明代詩人楊慎即已指出：「語從《楚辭》中出」。明人桂天祥在《批點唐詩正聲》中也說：「二曲俱由楚騷變化，而〈送神〉尤精緻。」第二闋寫神靈已接受祭禮，眷戀不捨的在筵席之間。其中「來不語兮意不傳，作暮雨兮愁空山」這一句十分傳神，彷彿令人看到一個不染塵跡的女神形

[1147] 倏：倏忽，時間短暫。
[1148] 潺湲：水流的樣子。《楚辭‧九歌‧湘夫人》中說「觀流水兮潺湲」，其詞義與此相同。

象,而且將這個形象寫的神祕、朦朧,令人不可測度。清人張謙宜《絸齋詩談》中說:「妙在恍惚,所以為神。」是十分中肯的。在急管繁弦的音樂聲中,把神送走了,詩人沒有具體寫神靈的舉動和面容,甚至沒有寫任何世俗的人看的見的東西,而是以一個雲收雨散,青山隱隱碧水潺潺的世界來替代。這種寫法,就是文字的留白,令人遐想。

〈日晚歌〉

【作者及作品】

　　作者是唐代詩人顧況。顧況，字逋翁，號華陽真隱（或說華陽真逸），海鹽（今浙江海鹽縣）人。他善於繪畫，精於鑑賞，有很高的藝術天分。至德二年（757 年）進士及第後，曾擔任校書郎，後在大理寺任職。曾出任鎮海軍節度使韓滉的判官，負責錢糧工作。後來由於宰相李泌重視他，被調到皇帝身邊擔任著作佐郎。因作詩觸怒了權貴，被貶為饒州司戶。

　　退職後的顧況隱居於茅山，過著隱士生活，這首詩所寫的便是隱者的所見。在眾多的唐代詩人中，顧況是一位現實主義詩人，而這首詩則充滿了浪漫主義的魅力，展現其高卓的才華。

　　日窅（一ㄠˇ）窅[1149]兮下山[1150]，望佳人兮不還[1151]。
　　花落兮屋上，草生兮階間。
　　日日兮春風，芳菲兮欲歇[1152]。
　　老不可兮更少，君胡[1153]為兮輕別？

[1149]　窅窅：隱晦、幽暗的樣子。
[1150]　下山：落山。
[1151]　還：回歸。
[1152]　歇：停止。
[1153]　胡：為何。

《楚辭》後語

【譯詩】

　　日影幽暗沉於山後，等待的美人還未回歸。
　　落花飄在了屋頂上，綠草生長在臺階間。
　　每日都吹拂著春風，遍開的花將要凋謝。
　　衰老的人不能返回青春，你為何輕言別離？

【延伸】

　　這是一首送別詩，像一幅沉鬱的山水畫，又像一則哲思詩。詩歌寫黯淡不明亮的太陽就要下山了，即將落山的太陽的確如此。然而，他寫落日並非要像李商隱一樣發出「夕陽無限好，只是近黃昏」的喟嘆，而是懷著對離別之人的期待。古詩最可稱道的一點，就是用獨特的意象來表達內心的世界，也就是用甲來說乙，以萬物來指心。詩中所寫的「花落兮屋上，草生兮階間。日日兮春風，芳菲兮欲歇」，當然是寫實，但何嘗不也是自己的心情？這四句去掉其中的「兮」字，就是一首精悍的四言近體詩，但是帶著「兮」字，則有了《楚辭》中那種可以詠唱的感覺。時光不可晚歸，衰老不會再青春，人生的時光是短暫的，為何輕言別離呢？

〈弔田橫文〉

【作者及作品】

　　作者韓愈，唐代著名文學家。文前有小序，交代了寫此文的緣由。序文說：「貞元十一年九月，愈東如京，道出田橫墓下，感橫義高能得士，因取酒以祭，為文而弔之。」翻成白話就是：「貞元十一年九月，我到洛陽去，道路從田橫的墓旁經過，感於田橫義氣高尚得到賢士追隨，於是取酒來祭奠他，寫了一篇文章悼念他。」田橫是秦末群雄之一，戰國時期田氏齊國貴族後裔，曾為齊國宰相，一度自立為王，兵敗後逃入海島。漢王朝建立後，田橫不肯歸漢，自盡而死，其墓在今河南偃師。田橫雖然是一位失敗者，但歷來被奉為有大節、不屈於人的英豪。朱熹《楚辭集注》之〈後語〉中未收錄小序，僅錄其文。

　　事有曠[1154]百世[1155]而相感者，余不自知其何心。非今世之所稀，孰為使余唏噓[1156]（ㄒㄧ ㄒㄩ）而不可禁？余既博觀乎天下，曷[1157]（ㄏㄜˊ）有庶幾[1158]乎夫子[1159]之所為？死者不復生，嗟余去此其從誰？當秦氏之敗亂，得一士而可

[1154]　曠：阻隔。
[1155]　世：古人以三十年為一世。
[1156]　唏噓：嘆息、哽咽。
[1157]　曷：何。
[1158]　庶幾：差不多，表可能。
[1159]　夫子：指田橫。

《楚辭》後語

王。何五百人之擾擾，而不能脫夫子於劍鋩^[1160]（ㄇㄤˊ）？抑所寶^[1161]之非賢，亦天命^[1162]之有常。昔闕（ㄑㄩㄝˋ）里^[1163]之多士，孔聖亦云其遑（ㄏㄨㄤˊ）遑^[1164]。苟^[1165]余行之不迷，雖^[1166]顛沛（ㄅㄧㄢ ㄆㄟˋ）其何傷？自古死者非一，夫子至今有耿（ㄍㄥˇ）光^[1167]。跽^[1168]（ㄐㄧˋ）陳辭而薦^[1169]酒，魂彷彿而來享。

【譯文】

　　事情有經過上百世而相感應的，我不知自己的心情如何。你不是當今之世所崇尚的，為什麼卻讓我哽咽唏噓個不停？我遍覽全天下，哪裡有與你差不多的作為啊？死去的人不能復生，感嘆你離開後又能去跟隨誰呢？當年秦朝敗亡時，得到一名賢士就可以稱王。何況有五百賢士跟隨你，卻不能脫離刀劍的傷害？抑或是時所珍視的並非賢才，或許這是所謂天道有常。從前闕里有很多賢能之士，孔子也自稱匆匆忙忙。如果我所行走的道路不迷失方向，就算顛沛流離有什麼傷心的呢？自古死去的不止一人，你的聲響至今還光焰萬丈。我長跪誦讀祭文並獻酒，你的英魂彷彿過來享用。

[1160]　劍鋩：劍鋒。鋩，刀尖。
[1161]　寶：珍視。
[1162]　天命：天道的意志。
[1163]　闕里：地名。傳說為孔子授徒的地方，在今山東曲阜城內。
[1164]　遑遑：形容匆忙。
[1165]　苟：如果。
[1166]　雖：即使。
[1167]　耿光：光明、光輝。
[1168]　跽：古人的一種跪姿。兩膝著地，上身挺直。
[1169]　薦：進獻。

198

〈弔田橫文〉

【延伸】

　　田橫是戰國時代齊國的貴族後裔，秦末陳勝吳廣發動大起義，田橫和兄長田榮、從兄田儋以及其他田氏宗族子弟也在齊國故地起兵反抗秦朝的統治，並立田儋為齊王。後來與秦軍大將章邯交戰，田儋被殺，田橫又擁戴自己的哥哥田榮為齊王，並奪取了原來齊國的土地。

　　項羽和劉邦一起推翻秦朝後，項羽自稱西楚霸王，大封諸侯，但由於之前田橫兄弟未曾協助楚軍，因而沒有被封王。對此，田橫怨恨項羽，聯合趙將陳餘一起反楚。項羽大怒，率軍北上討伐齊國，齊王田榮戰敗逃跑到平原，被當地人所殺。項羽的楚軍在齊地到處洗劫，傷害了齊地人，他們起來反抗，田橫的麾下因此聚攏了數萬人。恰在此時，漢王劉邦攻入楚國的都城彭城。項羽只好放棄對田橫的打擊，率軍去攻擊劉邦。項羽率領他的主力楚軍一離開，田橫立刻襲擊留下的守軍，最終收復了丟失的全部城池，立田榮的兒子田廣為齊王，自己擔任丞相。

　　漢王劉邦為了爭取諸侯們與自己聯合，共同對付項羽，他派遣說客酈食其到齊國去，說服齊王歸附自己。田橫答應了酈食其，因而解除了齊國駐軍對漢軍的防備。當時韓信已經蕩平了趙國和燕國，他趁齊國麻痺，率軍襲擊了齊國，直趨齊國都城臨淄。田橫認為酈食其不守信，出賣了自己，就烹殺了他。齊王田廣出逃後，與楚將龍且聯合一起抵抗韓信，但戰敗

199

被俘虜。田橫聽說田廣死了，就自立為齊王，逃到梁地彭越的地盤。

楚漢相爭最終以劉邦獲勝而告終，劉邦登上皇帝之位，分封功臣們，彭越被封為梁王。田橫覺得待在梁地也不安全，就率領自己的屬下逃到海上的一座小島。劉邦認為，田橫兄弟在反秦大起義中立了大功，而且得到齊地老百姓的擁戴，很有影響力，因而派使者拿著自己的詔書去召他到長安來。田橫辭謝了劉邦的招攬，對使者說：「請你告訴皇帝陛下，我殺了他的臣子酈食其，而且酈食其的弟弟酈商也在朝廷擔任重要官職，我不敢進京，請允許我在這座海島上當一個普通老百姓吧！」

使者稟告劉邦，劉邦立刻下了一道詔書給酈商，要求他不得傷害田橫和他的隨從人員，不然治重罪。然後又要使者去招攬田橫，告訴他這件事，並在詔書中說：「田橫如果來京，大可以封王，小可以封侯，如果不來，就發兵誅殺他。」田橫接到詔書後，只好帶著兩個屬下一起進京。

距離京城不遠，有一座驛站。田橫告訴使者，在面見天子前，他要沐浴，因而暫時歇息了下來。田橫私下對自己的兩個門客說：「我最初也和漢王一樣稱王，如今他當了皇帝，我怎麼能像奴僕一樣侍奉他呢？再說我殺了酈食其，就算他的弟弟酈商因皇帝有命令不與我爭鬥，我心中就無愧嗎？」他與門客說完一番話，高唱：「大義載天，守信覆地，人生遭適志爾！」然後自殺了。兩個門客帶著田橫的頭去見劉邦，劉邦看著田橫

〈弔田橫文〉

的遺容，遺憾的說：「田氏兄弟從普通百姓起家，三人相繼稱王，真是賢能啊！」說著說著流下了眼淚。他封田橫的兩個門客為都尉，並讓他們帶領人以諸侯王的禮儀安葬田橫。田橫的葬禮結束後，兩個門客也一起自盡了。

　　劉邦聽說門客自盡的事後，大為嘆息，認為追隨田橫的人都是有烈性的漢子，是真正的賢才，因而派人去招攬海島上的那 500 人。那些門客聽說田橫已死，也都自殺了。田橫和五百士身上，展現了古人「富貴不能淫、威武不能屈」的高貴精神和血性，兩千餘年來被頌揚不已。唐代大詩人韓愈經過他的墓葬，仰慕他的人品，故而寫了這篇作品。著名畫家徐悲鴻也曾以這個歷史題材，畫下了名畫〈田橫五百士〉。

《楚辭》後語

〈弔屈原文〉

【作者及作品】

　　作者柳宗元，唐代文學家。他參加了貞元二十一年（805年）的「永貞革新」，這是一場旨在打擊宦官勢力，抑制藩鎮權力，革除積弊的改革。當時唐德宗病死，太子李誦繼位，是為唐順宗。順宗當太子時，就有改革志向，因而即位後重用他的東宮舊人王叔文，王叔文與王伾、韋執誼、韓泰、陳諫、柳宗元、劉禹錫、韓曄、凌准、程異等人組成了改革班底，其中韋執誼身為宰相，推動這場革新。世家子弟出身的柳宗元在這場改革中，擔當的是一個緩解革新派與舊派力量的溝通人物。然而，由於王叔文等人過於急躁，方法不得當，而且其內部也矛盾重重，失敗成為必然。後世的史家，如新舊兩《唐書》，更是給他們極其不公允的評價。

　　改革被反對派阻斷後，王叔文被處死，王伾病死，另外八人都被貶到偏遠寒涼的地方為司馬，因而這次改革又被稱為「二王八司馬事件」，柳宗元被貶官到偏遠的永州，經過湘江時，寫下了這篇作品。朱熹在《楚辭集注・後語》中說，「殆困而知悔者，其辭慚矣。」其論調仍舊不出前代史家的老調。

《楚辭》後語

後[1170]先生[1171]蓋[1172]千祀[1173]（ㄙˋ）兮，余[1174]再逐[1175]而浮湘[1176]。

求[1177]先生之汨（ㄇㄧˋ）羅[1178]兮，攬[1179]蕙（ㄏㄥˊ）若[1180]以薦[1181]芳。

願荒忽[1182]之顧[1183]懷兮，冀[1184]（ㄐㄧˋ）陳辭而有明。

【譯文】

先生離開這個世界約一千年，我被再次貶謫乘船到湘江。

訪求先生留在汨羅江畔的遺跡，採集杜蘅向先生敬以一瓣馨香。

願先生在荒茫之中能讓我有所感應，希望向你傾訴我的內心。

[1170] 後：晚。
[1171] 先生：指屈原。
[1172] 蓋：大約。
[1173] 祀：年。
[1174] 余：我。
[1175] 逐：貶逐。
[1176] 浮湘：漂泊在湘水間的意思。
[1177] 求：訪求。
[1178] 汨羅：江名，在今湖南東北部，屈原投汨羅江而死。
[1179] 攬：採、摘。
[1180] 蘅若：杜蘅、杜若，均為香草名。
[1181] 薦：祭獻。
[1182] 荒忽：同「恍惚」，模糊的樣子。
[1183] 顧：顧念、顧及。
[1184] 冀：希望。

〈弔屈原文〉

先生之不從世[1185]兮,唯道[1186]是就[1187]。

支離搶攘[1188](ㄖㄤˇ)兮,遭世孔疚[1189](ㄐㄧㄡˋ)。

華蟲[1190]薦壤(ㄖㄤˇ)兮,進御[1191]羔(ㄍㄠ)袖[1192]。

牝(ㄆㄧㄣˋ)雞[1193]咿嘎[1194](一ㄍㄚ)兮,孤雄[1195]束咮[1196](ㄓㄡˋ)?

哇咬[1197]環觀兮,蒙耳[1198]大呂[1199]。

堇[1200](ㄐㄧㄥˇ)喙[1201](ㄏㄨㄟˋ)以為羞兮,焚棄稷(ㄐㄧˋ)黍[1202](ㄕㄨˇ)。

犴(ㄢˋ)獄[1203]之不知避兮,宮庭之不處。

[1185] 從世:屈從世俗。
[1186] 道:屈原所指的明君賢臣、國家昌盛的「美政」。
[1187] 就:即、趨。
[1188] 搶攘:紛爭。
[1189] 孔疚:重患。此處指政治腐敗。
[1190] 華蟲:冕服。
[1191] 進御:進用。
[1192] 羔袖:用羔羊皮裝飾袖口的衣服,指一般的衣服。
[1193] 牝雞:母雞。
[1194] 咿嘎:紛雜的雞叫聲。
[1195] 孤雄:孤獨的雄雞。
[1196] 咮:鳥嘴。
[1197] 哇咬:古代表達男女之情的小調,此處指庸俗的音樂,靡靡之音。
[1198] 蒙耳:塞上耳朵。
[1199] 大呂:古代音樂十二律之一,大呂為第二律。代指高雅的音樂。
[1200] 堇:藥用植物,有毒。
[1201] 喙:此處指毒藥。
[1202] 稷黍:兩種穀物,此處泛指糧食。
[1203] 犴獄:監獄。狴犴是傳說中的一種神獸,其圖案被裝飾在監獄大門上。此處指楚懷王被騙入秦國後遭到幽禁。

《楚辭》後語

陷塗[1204]藉[1205]穢（ㄏㄨㄟˋ）兮，縈若繡黼[1206]（ㄈㄨˇ）。

榱[1207]（ㄘㄨㄟ）折火烈兮，娭（ㄒㄧ）娭笑語。

讒巧之嘵（ㄒㄧㄠ）嘵[1208]兮，惑（ㄏㄨㄛˋ）以為咸池[1209]。

便（ㄆㄧㄢˊ）媚鞠慝[1210]（ㄐㄩˊ　ㄋㄩˋ）兮，美逾西施[1211]。

謂謨（ㄇㄛˊ）言[1212]之怪誣兮，友置瑱[1213]（ㄊㄧㄢˋ）而遠違[1214]。

匿[1215]（ㄋㄧˋ）重痼[1216]（ㄍㄨˋ）以諱[1217]避兮，進俞緩[1218]之不可為[1219]。

【譯文】

先生不屈從於世俗，只追求自己的美政理想。

[1204]　塗：汙泥。
[1205]　藉：坐在……之上。
[1206]　繡黼：繡有黑白相間花紋的禮服。
[1207]　榱：屋椽，此處代指房屋。
[1208]　嘵嘵：叫喊聲。
[1209]　咸池：古代樂曲名，傳說是黃帝所作。
[1210]　鞠慝：低聲下氣的樣子。
[1211]　西施：春秋時期越國著名的美女。
[1212]　謨言：可奉為金石的治國之言。
[1213]　瑱：古代一種玉製的耳飾，用來塞耳。
[1214]　遠違：扔得遠遠的。
[1215]　匿：隱、藏。
[1216]　痼：難以治的病。
[1217]　諱：忌諱。
[1218]　俞緩：指戰國時期的兩位名醫，俞跗和秦緩。
[1219]　不可為：不會治病。

〈弔屈原文〉

國家的政治殘破而紛亂,離亂的世道彷彿社會正罹患重病。

珍貴的禮服被丟棄在泥土裡,卻穿起羊皮裝飾袖子的粗陋衣裝。

母雞嘰嘰咕咕的亂叫,孤立的雄雞被封住了嘴巴。

庸俗小調得到人們的追捧,高雅的廟堂之樂無人欣賞。

有毒之物被當成美食,糧食被拋棄燒掉。

牢獄之災不知躲避,美盛的宮殿被廢棄。

陷入爛泥坐在骯髒處弄得渾身汙穢,卻以為穿著華美的禮服。

房屋的椽子已被烈火吞沒,卻仍然歡聲笑語渾然不知。

諂媚逢迎的言詞喋喋不休,被視為是高雅動聽的樂章。

低聲下氣沒有廉恥的小人,卻被當成西施那樣的美人。

把治理國家的金玉良言視為亂談,反而塞住耳朵將這些話拋棄不顧。

生了重病還要隱瞞逃避,就算是俞跗和秦緩那樣的蓋世名醫也沒辦法。

何先生之凜(ㄌㄧㄣˇ)凜[1220]兮,厲[1221]針石而從之?
但仲尼[1222]之去舍魯兮,曰:「吾行之遲遲。」
柳下惠[1223]之直道兮,又焉往而可施?

[1220] 凜凜:嚴肅的樣子。
[1221] 厲:同「礪」,磨刀石。此處用作動詞,磨礪。
[1222] 仲尼:指孔子。
[1223] 柳下惠:春秋時魯國大夫。

《楚辭》後語

今夫世之議夫子[1224]兮,曰胡隱忍而懷斯[1225]?

唯達人[1226]之卓軌[1227]兮,固僻陋[1228](ㄌㄡˋ)之所疑。

委[1229]故都以從[1230]利兮,吾知先生之不忍。

立而視其覆墜[1231](ㄈㄨˋ ㄓㄨㄟˋ)兮,又非先生之所志。

窮與達固不渝[1232](ㄩˊ)兮,夫唯服道[1233]以守義[1234]。

矧[1235](ㄕㄣˇ)先生之悃(ㄎㄨㄣˇ)愊[1236]兮,蹈[1237]大故[1238]而不貳[1239](ㄦˋ)。

沉璜(ㄏㄨㄤˊ)瘞(ㄧˋ)佩[1240]兮,孰(ㄕㄨˊ)幽而不光?

荃蕙[1241](ㄑㄩㄢˊ ㄏㄨㄟˋ)蔽兮,胡[1242]久而不芳?

[1224]　夫子:指屈原。
[1225]　懷斯:懷著忠誠和苦悶的情感。
[1226]　達人:通達事理的人。
[1227]　卓軌:高尚之行。
[1228]　僻陋:見識淺薄。
[1229]　委:丟棄。
[1230]　從利:追名逐利。
[1231]　覆墜:覆滅墮落。
[1232]　渝:改變。
[1233]　服道:堅持原則,堅持大道。
[1234]　守義:信守大義。
[1235]　矧:況且。
[1236]　悃愊:忠誠。
[1237]　蹈:赴。
[1238]　大故:大的變故。
[1239]　不貳:沒有二心,忠誠。
[1240]　沉璜瘞佩:璜和佩都是古代的美玉,古代祭河將美玉沉入水中,祭地則把美玉埋在土裡,此處指將美玉掩藏。
[1241]　荃蕙:兩種香草的名字。
[1242]　胡:何,為什麼。

〈弔屈原文〉

【譯文】

　　為何像先生這樣懷有大義的人，還要磨礪針石去自我醫傷？

　　從前孔子離開魯國，說：「我要慢慢地走。」

　　柳下惠選擇直道而行，又能去哪裡施行自己的主張呢？

　　當今之世議論先生你，說你遭受那樣的憂患為何還要關懷故國？

　　唯有通達事理的人卓爾高尚，本就見識淺薄的人不能理解。

　　拋棄祖國追求個人的私利，我知道先生不忍心這樣做。

　　坐視自己的故國覆滅，這不是先生的品格。

　　無論窮困潦倒還是身在高位都不改變志向，始終堅持原則持守正義。

　　況且先生忠誠於國家，寧可投江而死也不變忠誠之志。

　　沉入水底和埋在土裡的美玉，怎會變得幽暗無光？

　　香草被隱藏起來，為何久久聞不到芳香？

　　先生之皃[1243]（ㄇㄠˋ）不可得兮，猶彷彿其文章。

　　託遺（ㄨㄟˋ）編[1244]而嘆唱兮，渙[1245]（ㄏㄨㄢˋ）余涕之盈眶。

　　呵[1246]星辰而驅詭怪兮，夫孰救於崩亡。

[1243]　皃：容貌。
[1244]　遺編：遺留下的著作。
[1245]　渙：流。
[1246]　呵：大聲質問。屈原〈天問〉中提出一系列疑問，曾用這種表達方式。

209

《楚辭》後語

何揮霍[1247]雷電兮，苟為是之荒茫[1248]？

耀姱（ㄎㄨㄚ）辭[1249]之矇（ㄊㄤˇ）朗[1250]兮，世果以是之為狂。

哀余衷[1251]之坎坎[1252]兮，獨蘊憤而增傷。

諒[1253]先生之不言兮，後之人又何望？

忠誠之既內激[1254]兮，抑銜忍[1255]而不長？

芊[1256]為屈之幾何兮，胡獨焚其中腸？

【譯文】

先生的容顏不能一睹，但彷彿在文章中看見你的影子。

捧著你的遺著我一再感嘆，止不住淚水盈眶。

你向星辰發問與怪誕驅馳，未能挽救國家的危亡。

你為何驅使駕馭雷電，暫且浸沉於渺茫的幻境？

你寫下了華美而又令人不解其意的文章，世人以為你已發狂。

可嘆我內心懷著不平之氣，只是增加了憤怒和悲傷。

如果先生不寫文章裡那些話，後世的人又如何了解你？

[1247] 揮霍：驅使。
[1248] 荒茫：渺茫的宇宙。
[1249] 姱辭：形容屈原作品之高妙。姱，美好。
[1250] 矇朗：不明朗。
[1251] 衷：內心。
[1252] 坎坎：不平。
[1253] 諒：料想。
[1254] 內激：內心感到激動。
[1255] 銜忍：隱忍。
[1256] 芊：疑為「芈」之誤。

〈弔屈原文〉

你的忠誠之意在胸中激盪,哪能一直隱忍而不流溢於外?
羋姓與屈姓的淵源有多深呢,為何你一直憂心如焚?

　　吾哀今之為仕(ㄕˋ)兮,庸[1257](ㄩㄥ)有慮時之否臧[1258](ㄆㄧˇ ㄗㄤ)。
　　食君之祿畏不厚兮,悼[1259](ㄉㄠˋ)得位之不昌。
　　退自服[1260]以默默兮,曰吾言之不行。
　　既婾(ㄊㄡ)風[1261]之不可去兮,懷先生之可忘!

【譯文】

　　我對當今的官員們痛心疾首,難道有關心時事好壞的嗎!
　　拿著國家的俸祿唯恐不夠多,擔心自己的地位不夠高。
　　退避自保而不肯進諫,竟說我的主張不能施行。
　　既然明哲保身的苟安風氣難改變,長懷先生而不遺忘!

【延伸】

　　屈原身後,憑弔他的文章不少,以漢代賈誼〈弔屈原〉、揚雄〈反離騷〉最為知名。柳宗元的這篇憑弔詩,與他自己的宦途多舛有關。柳宗元少年得志,但是中年時的官場遭際十分坎坷,第一次被貶官永州,十年後召回京城,然而才一個月,

---

[1257]　庸:難道。
[1258]　否臧:惡善。
[1259]　悼:擔心。
[1260]　自服:自己的習慣。
[1261]　婾風:苟且偷安的風氣。

又被貶到柳州。兩次貶官,與屈原的兩次被流放十分相似。而這首詩正是他被貶官途中經過湘江時,想起一千多年前遭到流放的屈原,所寫的篇章。可以說,在精神上,柳宗元與屈原有強烈的共鳴。

〈弔樂毅〉

【作者及作品】

　　作者是唐代文學家柳宗元。前有小序：許縱自燕來，曰：「燕之南有墓焉，其志曰『樂生之墓』」。余聞而哀之。其返也，與之文，使弔焉。

　　翻譯成白話是說：許縱從燕地來，說：「燕南有一座陵墓，墓碑上刻著『樂生之墓』」。我聽了感到很悲哀。在他回去的時候，把這篇文章給他，請他前去祭奠。朱熹《楚辭集注》未收錄此小序。柳宗元所寫〈弔屈原〉、〈弔樂毅〉，都是弔祭志業無法伸展的人，但都被視為古來的仁人志士，這與他的內在情懷與經歷有很大的關係。

　　大廈之騫[1262]（ㄑㄧㄢ）兮，風雨萃[1263]（ㄘㄨㄟˋ）之。
　　車亡[1264]其軸兮，乘者棄之。
　　嗚呼夫子兮，不幸類之。
　　尚何為哉？昭[1265]（ㄓㄠ）不可留兮，道不可常。
　　畏死疾走兮，狂顧徬徨[1266]（ㄆㄤˊ　ㄏㄨㄤˊ）。

[1262]　騫：毀壞。
[1263]　萃：集。
[1264]　亡：失掉。
[1265]　昭：光明。
[1266]　徬徨：徘徊。

《楚辭》後語

燕復為齊[1267]兮，東海洋洋。

嗟夫子之專直兮，不慮後而為防。

胡去規而就矩兮，卒陷滯以流亡？

惜功美之不就兮，俾[1268]（ㄅㄧˋ）愚昧之周章[1269]。

豈夫子之不能兮？無亦惡是之遑（ㄏㄨㄤˊ）遑[1270]。

仁夫對趙之悃（ㄎㄨㄣˇ）款[1271]兮，誠不忍其故邦[1272]。

君子之容與[1273]兮，彌（ㄇㄧˊ）億載而愈光。

諒遭時之不然兮，匪[1274]謀慮之不長。

跽[1275]（ㄐㄧˋ）陳辭以隕[1276]涕兮，仰視天之茫茫。

苟偷世[1277]之謂何兮？言余心之不臧[1278]（ㄗㄤ）。

【譯詩】

大廈崩壞，風雨也集中摧殘。

車子丟掉了軸，就被乘車的人丟棄。

[1267] 燕復為齊：指燕國在樂毅率領下攻得的齊城，全都被齊國人收復。
[1268] 俾：使。
[1269] 周章：大而顯。章，通「彰」。
[1270] 遑遑：不安之狀。
[1271] 悃款：誠懇。
[1272] 故邦：指燕國。
[1273] 容與：形容安逸自得。
[1274] 匪：通「非」。
[1275] 跽：長跪，兩膝著地，上身挺直。
[1276] 隕：落。
[1277] 苟偷世：苟且偷生。
[1278] 臧：善、好。

214

〈弔樂毅〉

哎呀先生啊，你的不幸與這正相似。

還能怎麼樣呢？昭王不會永生不死，他的治國方法也不會恆久不變。

你為避禍只好逃走，驚慌四顧又猶豫徬徨。

燕國攻占的土地又復歸於齊，東海依舊廣闊無邊。

可嘆你只懂的忠誠正直，不為自己考慮作好預防。

為什麼丟開圓滑而堅守方正，最終陷入阻滯而逃亡？

可惜你建立的大功不能長久，使愚昧之輩上位。

難道是先生不會考慮自己嗎？不過是討厭奔走鑽營罷了。

你回應趙王時顯示了自己的忠誠，實在不忍拋棄故國燕國。

你這種對國家安然的君子態度，就是過了億萬年依舊光輝燦爛。

實在是遭遇的時勢不對，並非你謀略和思慮不長遠。

我長跪著說這些話淚水一起墜落，仰望蒼天一片茫然。

苟且偷生是為何啊？大概會說我的內心不夠善美。

【延伸】

戰國時代是一個急遽紛爭的時代，而名將樂毅就活躍在這個時代。樂毅雖為趙國人，但和當時大部分賢士一樣，在列國尋求一展才華的機會。他到過魏國，後來又到了燕國，因為他聽說燕昭王正在招納賢才。

燕國在燕昭王即位前曾發生過一次大內亂，昭王的父親，也就是燕王噲非常信任國相子之，竟然把國君之位禪讓給子

之,這令太子平非常不滿,聯合將軍市被攻擊子之,子之為了保住自己的地位,予以反擊。這時候齊國軍隊趁機以協助太子平的名義進入燕國,殺了燕王噲,活捉子之並處死。太子平在這場內亂中也死去了。燕王噲的另一個兒子公子職在韓國當人質,得到趙武靈王的支持,回到燕國即位,這就是燕昭王。

燕昭王發誓要向齊國報仇,但齊國此時正如日中天,向南打敗了楚國,向西打敗了魏國和趙國,且拉著韓、趙、魏三國一起收拾了秦國,並滅掉了宋國,使齊國的面積擴大了一千多里。這樣一個強國,貧弱的燕國談何復仇呢?樂毅向燕昭王分析了齊國目前的局面,對外,齊國不斷侵凌其他諸侯國,四面樹敵,其他國家對它又恨又怕;對內,齊湣王橫徵暴斂,老百姓恨透了他。因此,燕國要討伐齊國,首先要聯合其他諸侯國。燕昭王認為樂毅說的對,派他去趙國結盟,派使臣到楚、魏、韓進行軍事洽談,五國因此組成了聯軍,趙惠文王還將相國之位授予樂毅,就這樣,樂毅率領聯軍進擊齊國。

齊湣王聽說五國聯軍來,親自率領大軍在濟水西面迎戰,結果被樂毅打敗,逃回了臨淄。樂毅認為齊軍已喪失鬥志,因而要趙、楚、魏、韓四國的軍隊回國,自己率燕軍追擊逃兵。樂毅的大軍一路勢如破竹,一直打到齊國都城臨淄。齊湣王逃走,最後被楚國將軍淖齒殺死。燕昭王聽說樂毅打了大勝仗,親自到濟水岸邊慰勞將士們,並封樂毅為昌國君,形同小國諸侯。

在隨後的戰爭中，樂毅率領燕軍攻占了齊國的70多座城池，只有莒和即墨這兩座城市沒有拿下。樂毅認為，要讓齊國人認可燕國，就不能純粹使用暴力，而要用節義來打動他們，因而他保護當地人的利益，尊重他們的習慣。對莒和即墨只是圍而不攻。

燕昭王死後，他的兒子樂資即位，也就是燕惠王。燕惠王還是太子時，就因為昭王特別信任樂毅，十分不滿。一些嫉妒樂毅的人，也不斷說壞話，挑唆燕惠王和樂毅的關係。他們造謠說，樂毅對莒和即墨圍而不攻，是想自己當齊王。燕惠王立刻召樂毅回來，命令將軍騎劫替代他。樂毅獲悉有人陷害他，不敢回燕國，便逃到了趙國。趙國將觀津的土地封給樂毅，並封他為「望諸君」。再說騎劫替代樂毅後，用殘暴的方法對待當地人，結果被齊國名將田單打敗並殺死，燕軍很快失去了全部奪取的土地。齊湣王的兒子法章回到臨淄，是為齊襄王，差點亡國的齊國又復國了。

這時候，燕惠王才發現自己被左右的人矇騙，上了大當，十分後悔。但他不從自己身上找原因，他認為都是樂毅的錯，是樂毅辜負了先王燕昭王的信任，他幾次派人去指責樂毅。樂毅面對燕惠王的責難，寫下了那篇閃閃發光的〈報燕惠王書〉，他用慷慨激昂的語言回敬燕惠王，自己不會為了昏君效忠，也不會去做枉死的傻瓜。他的身上閃爍著戰國士人那種獨立的精神。這是秦統一後，被「忠君」思想完全洗腦的知識分

子身上所沒有的。

　　燕惠王收到樂毅的信，為了表達自己的誠意，就讓樂毅的兒子樂間繼承「昌國君」的爵位。樂毅感念燕王的心跡，在趙國和燕國之間進行外交斡旋工作，加強兩國的合作。燕、趙兩國都任用他為客卿。最終，樂毅在趙國度過了自己的一生。戰國時代是一個血腥的時代，立了大功而被猜忌的將軍很多。相較於被秦王逼死的名將白起，被趙王殺死的名將李牧，樂毅不但是一位軍事家，更像一位智者。柳宗元在這首詩中，遺憾他的功業未能圓滿，又讚嘆他並不放棄自己的道義。

〈憎王孫文〉

【作者及作品】

　　作者是唐代文學家柳宗元。柳氏被貶永州，在山中觀察猴子和猿，得其靈感，以「楚辭體」寫了一篇寓言式的作品。屈原以香花鳳鳥比喻君子賢人，以惡鳥穢草比喻小人和奸佞，而柳宗元以猿比喻君子，以獼猴比喻小人，可以說是發揚了屈原的傳統。朱熹《楚辭集注》中未收錄詩文前之小序。

　　猨（ㄩㄢˊ）、王孫[1279]居異山，德異性，不能相容。猨之德靜以恆，類仁讓孝慈。居相愛，食相先，行有列，飲有序。不幸乖離，則其鳴哀。有難，則內其柔弱者。不踐稼蔬。木實未熟，相與視之謹；既熟，嘯呼群萃，然後食，衎[1280]（ㄎㄢˋ）衎焉。山之小草木，必環而行遂其植。故猨之居山恆鬱然。

　　王孫之德躁以囂（ㄒㄧㄠ），勃諍[1281]（ㄓㄥ）號咷[1282]（ㄋㄠˊ），喈（ㄕㄜˋ）喈[1283]強強[1284]，雖群不相善也。食相噬齧（ㄕˋ ㄋㄧㄝˋ），行無列，飲無序。乖離而不思。

[1279]　王孫：猴子、獼猴類動物的別稱。
[1280]　衎衎：和氣歡樂的樣子。
[1281]　勃諍：發生爭執。
[1282]　號咷：大聲吼叫。
[1283]　喈喈：呼喊的聲音。
[1284]　強強：相互隨從的樣子。

有難，推其柔弱者以免。好踐稼蔬，所過狼藉披攘（ㄆㄧ ㄖㄤˇ）。木實未熟，輒（ㄓㄜˊ）齕[1285]（ㄏㄜˊ）咬投注。竊取人食，皆知自實其嗛[1286]（ㄑㄧㄢˇ）。山之小草木，必凌挫折挽，使之瘁（ㄘㄨㄟˋ）然後已。故王孫之居山恆蒿（ㄏㄠ）然。

　　以是猿群眾則逐王孫，王孫群眾亦齚[1287]（ㄗㄜˊ）猿。猿棄去，終不與抗。然則物之甚可憎，莫王孫若也。余棄山間久，見其趣如是，作〈憎王孫〉云：

【譯文】

　　猿和猴子居住在不同的山上，彼此品德有差異，不能互相包容。猿安靜而恆定，都能仁愛謙讓孝順慈悲。牠們群居相互愛戴，進食互相推讓，行走成對列，飲水遵守秩序。如果同伴不幸離散，就發出悲哀的鳴叫。如果遇到災難，就把弱小的護在群中。牠們不作踐莊稼蔬菜。樹上的果子未成熟，共同愛護珍視；果子熟了後，呼喚同伴們聚集，然後進食，顯得和氣而歡樂。遇到山上的小草和沒長大的樹，就繞道走，使其能長大。所以猿居住的山頭永遠都是鬱鬱蒼蒼。

　　猴子暴躁且喜歡喧囂，整天相互爭執吼叫，吵吵嚷嚷不休，雖然群居卻相互不善待。進食時互相撕咬，行走時亂七八糟，飲水搶奪成一團。有的同伴走散了也不會被顧及。遇到災

[1285]　齕：咬。
[1286]　嗛：猿猴類動物兩頰內的皮囊。
[1287]　齚：咬。

〈憎王孫文〉

難，推出弱小的而自己逃避。牠們喜歡糟蹋莊稼和蔬菜，經過的地方一片狼藉。樹上果子未成熟，就被亂咬亂丟。偷人們的糧食，只知填滿自己的腮幫子。遇到山上的小草幼苗，一定摧殘損壞，直到徹底毀棄才罷休。所以猴子居住的山上經常一片荒敗。

所以猿的群體大時一定趕走猴子，猴子多的時候也會咬猿。猿放棄離去，始終不與猴子爭鬥。因而動物中更可惡的，沒有超過猴子的了。我被貶到山中很久了，看到猴子這樣的行為，就寫了〈憎王孫文〉這篇文章。

湘水之淑（一ㄡ）淑[1288]兮，其上群山。

胡茲鬱而疲瘁兮，善惡異居其間。

惡者王孫兮善者猿，環行遂植兮止暴殘。

王孫兮甚可憎！噫，山之靈[1289]兮，胡不賊[1290]旃（ㄓㄢ）？

跳踉（ㄌㄧㄤˊ）叫囂兮，衝目宣齗[1291]（一ㄣˊ）。

外以敗物兮，內以爭群。

排鬥善類兮，譁駭披紛。

盜取民食兮，私己不分。

充嗛果腹兮，驕傲歡欣。

[1288]　淑淑：水流的樣子。
[1289]　山之靈：指山神。
[1290]　賊：誅殺。
[1291]　宣齗：露出牙齦。

《楚辭》後語

嘉華美木兮碩而繁,群披競齧兮枯株根。

毀成敗實兮更怒喧,居民怨苦兮號穹旻[1292](ㄑㄩㄥˊㄇㄧㄣˊ)。

王孫兮甚可憎!噫,山之靈兮,胡獨不聞?

獿之仁兮,受逐不校。

退優遊兮,唯德是效。

廉來[1293]同兮聖[1294]囚[1295],禹稷[1296](ㄐㄧˋ)合兮凶[1297]誅。

群小遂[1298]兮君子違[1299],大人聚兮孽[1300](ㄋㄧㄝˋ)無餘。

善與惡不同鄉兮,否[1301](ㄆㄧˇ)泰[1302]既兆其盈虛。

伊細大之固然兮,乃禍福之攸[1303](ㄧㄡ)趨。

王孫兮甚可憎!噫,山之靈兮,胡逸而居?

[1292] 穹旻:泛指天。
[1293] 廉來:飛廉和惡來,傳說中殷紂王時期的兩個佞臣。
[1294] 聖:指周文王。
[1295] 囚:周文王曾被紂王囚禁在羑(ㄧㄡˇ)里(今河南牖城),故而稱為囚。
[1296] 禹稷:夏禹和后稷,堯帝時期的賢人,據說是舜所推薦的。
[1297] 凶:指「四凶」,上古時期傳說中的四個壞人,渾沌、窮奇、檮杌(ㄊㄠˊㄨˋ)、饕餮(ㄊㄠㄊㄧㄝˋ)。
[1298] 遂:得逞。
[1299] 違:遭殃。
[1300] 孽:妖異的、惡的。
[1301] 否:惡運,與泰相反。
[1302] 泰:吉利、順利。
[1303] 攸:所。

〈憎王孫文〉

【譯文】

　　湘江的水浩浩蕩蕩，兩岸是連綿不盡的山峰。

　　為何這座山蔥蘢而那座山蕭索，因為善的和惡的分別居住在兩座山上。

　　惡的是猴子善的是猿，繞道而行讓草木生長停止殘暴。

　　猴子們太可惡了，唉，山神，為何不誅殺猴子們？

　　上竄下跳不斷嘯叫，瞪著眼睛齜著牙。

　　對外破壞東西，在內爭奪打鬥。

　　排擠善良的猿，喧譁驚擾個不休。

　　偷盜百姓的食物，肥了自己不顧他人。

　　填滿兩頰塞滿肚皮，驕橫傲慢且得意。

　　美而豐的樹木十分茂盛，猴子們攀折毀壞只剩下枯根。

　　毀了成木敗壞果子且暴怒喧譁，百姓怨聲載道向蒼天呼救。

　　猴子們太可憎！唉，山神，你為什麼聽不見？

　　猿仁慈，遭受驅逐也不計較。

　　從容不迫地退去，只注重美好的德行。

　　飛廉和惡來勾連，聖人周文王就被囚禁。

　　大禹與后稷合作，四凶就被誅殺。

　　小人們一旦得志君子就會倒楣，有德的人聚合惡棍就沒市場。

　　善與惡不能共存，壞與好得看彼此的強弱。

這是大小規律的本源，是禍與福所關的趨勢。

猴子太可憎！唉，山神，為什麼你能安逸地居住？

【延伸】

柳宗元家族是著名的河東柳氏，他的七世祖柳慶曾為北魏侍中，封濟陰公。堂高伯祖柳奭曾在唐高宗時出任宰相，家族中的其他人，包括他的父親，也都在官場，按當時的說法，他是世家之子。他從小受到良好的教育，21歲就進士及第。唐順宗即位後，柳宗元被提拔為禮部員外郎，這是掌管朝廷的禮儀和祭祀的官職。

當時唐王朝積弊叢生，急需一場改革。柳宗元與度支使（主管財政的官員）王叔文等改革派友善，與好友劉禹錫都參加了王叔文集團的「永貞革新」。由於改革的中心人物王叔文曾是唐順宗當太子時的東宮舊人，因而最初的改革得到唐順宗的支持。然而，改革觸犯了頑固派的利益，他們聯合太子李純，逼迫唐順宗退位，使改革胎死腹中。新的皇帝上臺後，罷免了王叔文，隨後處死，柳宗元被貶為邵州刺史，他的好友劉禹錫被貶為朗州刺史。還沒到地方，朝廷又來了新的加重處罰的聖旨，他被貶到更加偏遠的永州效力。

柳宗元在永州生活了長達10年，這裡雖然是羈旅，但留下了豐富的活動痕跡，其中〈永州八記〉是他留給永州最珍貴的人文禮物。〈憎王孫文〉是他在柳州期間所寫的文章之一，是一篇具有語言色彩的賦體文章。柳宗元也是「古文運動」的

〈憎王孫文〉

大家,他反對浮華和堆砌辭藻,務求實際,這篇文章質樸剛健,繼承了先秦文學的特點,也是他古文運動的踐行作品。

《楚辭》後語

〈書山石辭〉

【作者及作品】

　　作者是宋代文學家王安石。朱熹《楚辭集注》中說，王安石到舒山的山谷遊覽，作了這首詩，寫在山澗的石頭上，故而得此名。這首詩只有四句，非常短，但是卻有《楚辭》的意味，故而深得朱熹推崇。

　　水泠（ㄌㄧㄥˊ）泠[1304]而北出[1305]，山靡（ㄇㄧˇ）靡[1306]以旁圍。
　　欲窮原[1307]而不得，竟悵（ㄔㄤˋ）望[1308]以空歸。

【譯詩】

　　淙淙的溪流向北流逝，疏離的山丘一片蕭索。
　　我想窮盡河源而不可得，只能傷感的望著遠方空自歸來。

【延伸】

　　古人出遊，有在石上刻字的習慣。這是一首即興之作，卻可以看出王安石窮水溯源的探索精神，索而不得，悵然返回的

[1304]　泠泠：形容水流的聲音。
[1305]　北出：向北流。
[1306]　靡靡：零落。
[1307]　窮原：窮盡源頭。
[1308]　悵望：失意、傷感的望著遠方。

內心世界。朱熹說王安石以文章節行高一世,而尤以道德經濟為己任。其所說的「經濟」,就是經世致用的「濟世」學問。王安石此詩僅 24 字,短而精悍,意蘊無窮,令人遐想。

〈寄蔡氏女〉

【作者及作品】

　　作者王安石。朱熹《楚辭集注》之〈後語〉中說，這是王安石寫給女兒的詩歌。王安石的女兒嫁給蔡京的弟弟蔡卞，故而稱之為「蔡氏女」。這首詩採用了一種獨特的視角，並不是以父親的身分寫給女兒，而是以仰慕者的身分來寫，頗具特點。朱熹說這首詩「其言平淡簡遠，翛然有出塵之趣」。

建業[1309]東郭[1310]，望城西堠[1311]（ㄏㄡˋ）。

千嶂[1312]承宇[1313]，百泉繞溜[1314]。

青遙遙兮纚（ㄌㄧˊ）屬，綠宛宛兮橫逗。

積李兮縞[1315]（ㄍㄠˇ）夜，崇桃兮炫[1316]（ㄒㄩㄢˋ）晝。

蘭馥[1317]（ㄈㄨˋ）兮眾植，竹娟兮常茂。

[1309] 建業：指南京。
[1310] 東郭：東邊的城郭。
[1311] 西堠：西邊的土堆。古代記里程的設置。封土為壇，以記里也。五里單堠，十里雙堠。
[1312] 千嶂：連綿的像屏風一樣的山峰。
[1313] 承宇：山中雲氣旺盛而與屋簷相承接。〈九章·涉江〉中有：「雲霏霏而承宇」之句，詞義與此相同。
[1314] 繞溜：環繞下注的水。
[1315] 縞：白色。
[1316] 炫：閃亮。
[1317] 蘭馥：形容氣味芳香。

柳蔫（ㄋㄧㄢ）綿[1318]兮含姿，松偃寨[1319]（ㄧㄢˇ ㄐㄧㄢˇ）兮獻秀。

鳥跂（ㄑㄧˊ）兮下上[1320]，魚跳兮左右。

顧我兮適我，有斑兮伏獸。

感時物[1321]兮念汝，遲汝歸兮攜幼。

【譯詩】

在金陵城東邊的城郭，眺望城西邊的土丘。
千重晴巒連著屋宇，百里川溪潺潺流淌。
青色林木相銜接，綠色的原野平鋪。
白色的李花照亮了黑夜，紅色的桃花炫耀著白日。
濃鬱的花香飄在林間，翠竹常年豐茂。
柳樹柔美而姿態動人，松樹挺拔而卓爾不凡。
鳥上下翻飛，魚拍打起水花。
回頭看著我並嫁給我，有美麗花紋的瑞獸伏在那裡。
感到時令物候變化念及妳，妳遲遲歸來攜帶著孩子們。

【延伸】

詩歌起首用了「賦」的手法，先寫風景，從城市的外圍建築、山巒、流水、花木寫起，進而寫到鳥的翻飛，魚的跳躍，

[1318] 蔫綿：柔美的樣子。
[1319] 偃寨：高聳。
[1320] 上下：指鳥上下翻飛。
[1321] 時物：時節景物。

〈寄蔡氏女〉

最後一筆寫到人，帶著幼兒歸來的已嫁之女。這種渲染法，得《詩經》之真義。

> 我營[1322]兮北渚[1323]（ㄓㄨˇ），有懷[1324]兮歸女。
> 石梁[1325]兮以苫（ㄕㄢ）蓋[1326]，綠陰陰兮承宇。
> 仰有桂兮俯有蘭，嗟汝歸兮路豈難。
> 望超然之白雲，臨[1327]清流而長嘆。

【譯詩】

我停留在北邊的水岸，等候著歸來的妳。
小石橋被濃陰遮蔽，綠色的樹蔭連著屋簷。
仰頭看到桂花低頭看到蘭花，嘆息妳回來的路如此艱難。
望著超然物外的白雲，望著流逝的溪水而長嘆。

【延伸】

聽說妳來了，我到很遠的地方，也就是河流的北岸去迎接。詩句沒寫迎接或等待之召集，而是轉筆寫橋梁如何，樹木如何，清流白雲如何，僅以一句「嗟汝歸兮路豈難」來寫歸路。用筆之含蓄，令人驚嘆。

[1322]　營：停駐。
[1323]　北渚：北邊的水渚。
[1324]　懷：思念。
[1325]　石梁：石橋。
[1326]　苫蓋：遮蓋。
[1327]　臨：往下看。

全詩筆觸天然,毫無雕琢之感,有李太白「清水出芙蓉,天然去雕飾」之義。

〈秋風三疊〉

【作者及作品】

　　這首詩的作者是北宋詩人邢居實。邢居實是北宋大臣邢恕之子，幼年時有神童的美名，八歲所作的詩歌〈明妃引〉被視為天才之作。少年弱冠就得到蘇軾、黃庭堅、秦觀等文學大家的賞識，成為忘年之交。其詩歌〈秋晚〉向被稱頌，「目送閒雲盡日愁，寒來著破舊貂裘。憑誰說與西風道，留取黃花點綴秋。」傳誦一時。可惜 20 歲的時候就死了，是一位早逝的詩人。〈秋風三疊〉有《楚辭》之風，收錄於朱熹《楚辭集注》之〈後語〉中。

　　秋風夕起兮白露為霜，草木憔悴[1328]兮竊[1329]獨悲此眾芳。
　　明月皎皎兮照空房，晝日苦短兮夜未央[1330]。
　　有美一人兮天一方，欲往從之兮路渺茫。
　　登山無車兮涉水無航[1331]，願[1332]言[1333]思子兮使我心傷。

[1328] 憔悴：凋零、枯萎。
[1329] 竊：暗自。
[1330] 未央：未盡。
[1331] 航：船。
[1332] 願：思念。
[1333] 言：語助詞。

233

《楚辭》後語

【譯詩】

　　秋風白露化為一片清霜，草木凋零我為花們悽愴。
　　明亮的月光照耀空房，白日苦短長夜未央。
　　與美人天各一方，想去看望她道路渺茫。
　　行路無車渡河無船，思念你使我心傷。

　　秋風淅淅兮雲冥冥，鴟梟[1334]（ㄔ ㄒ一ㄠ）畫號[1335]兮蟋蟀夜鳴。
　　歲月徂（ㄔㄨˊ）邁[1336]兮忽如流星，少壯幾時兮老冉冉其相仍[1337]。
　　展轉反側兮從夜達明，悵獨處此兮誰適為情。
　　長歌激烈兮涕泣交零，願言思子兮使我心怦[1338]。

【譯詩】

　　秋風瑟瑟雲色昏暗，貓頭鷹晝鳴蟋蟀夜晚低吟。
　　歲月如同逝去的流星，青春還剩多少衰老相從。
　　翻來覆去失眠直到天明，獨自一人惆悵誰知我的心情。
　　長歌當哭淚水流個不停，想念你使我怦然心動。

[1334]　鴟梟：貓頭鷹，古人認為是一種惡鳥。
[1335]　號：大聲叫。
[1336]　徂邁：過去、逝去。
[1337]　相仍：相繼、相從。〈九章·悲回風〉：「觀炎氣之相仍兮」，與此詞義相同。
[1338]　心怦：心動。

〈秋風三疊〉

　　秋風浩蕩兮天宇高，群山逶迤[1339]（ㄨㄟ ㄧˊ）兮溪谷寂寥。

　　登高望遠兮不自聊，駕言[1340]適野[1341]兮誰與遨遊[1342]（ㄠˊ）？

　　空原無人兮四顧蕭條，猿狖[1343]（ㄧㄡˋ）與伍兮麋（ㄇㄧˊ）鹿為曹[1344]。

　　浮雲千里兮歸路遙，願言思子兮使我心勞[1345]。

【譯詩】

　　秋日的風吹過高天的雲，群山曲折溪谷空寂的回應。
　　登高望遠十分無聊，前往野外出遊誰與我同行？
　　空曠的原野上四顧無人，猿猴和麋鹿結隊成群。
　　飄浮的雲彩遮蔽千里歸路，思念你讓我勞心。

【延伸】

　　這是一首繼承了《詩經》和《楚辭》傳統的作品。起首一句「秋風夕起兮白露為霜，草木憔悴兮竊獨悲此眾芳」，把秋天的肅殺和人內心的感受完美的結合起來，可以說得〈蒹葭〉「白露為霜」與〈湘夫人〉「嫋嫋兮秋風」二句之妙。秋風白露已是寒涼，

[1339]　逶迤：蜿蜒曲折。
[1340]　駕言：出遊。
[1341]　適野：前往野外。
[1342]　遨遊：漫遊、遊歷。
[1343]　猿狖：泛指猿猴。
[1344]　曹：等、輩。
[1345]　　心勞：費心、操心。

接著一句「明月皎皎兮照空房，晝日苦短兮夜未央」，則轉入「明月空房」的冷清。在這種境遇下，水到渠成的寫人的思念，然而「天各一方」加上「無車無船」，只能是茫然無助，空自悲傷。詩歌的第一闋文辭契合感情表達，寒涼、冷清、茫然、不得，步步深入，起承轉合十分自然，可以說如瓶水瀉地，流雲在天。

秋風在吹，雲霧低暗，貓頭鷹竟然在白天叫，而晚上的蟋蟀也叫個不停，營造了一種令人傷懷的氛圍。這時回顧逝去的光陰，才發現一切像流星一樣飛逝，年輕的時光不再，衰老卻跟著來了。青春時光的流逝，最讓人感到痛切。陶淵明〈雜詩〉中說：「盛年不再來，一日難再晨。」王勃〈滕王閣詩〉中說：「閒雲潭影日悠悠，物換星移幾度秋？」李白〈將進酒〉中說：「高堂明鏡悲白髮，朝如青絲暮成雪。」都是寫時間流逝，各有不同，但俱都使人動容。正因為時光不等人，才突顯了生命的有限性，唯其有限，故而接下來的情感張力才會那麼強烈。輾轉反側的長夜，孤獨之刃切割和撕裂著每一根神經。就連唱出的歌，情感也是那麼激烈，淚水為之零落。

不過，詩人並未讓自己的文字在情緒中失控，而是從內心重新轉往對大自然的關照。寫秋風、天宇、群山、空谷，靈魂似乎脫離了軀殼，在四野蕭條的地方遊蕩，與猿猴和麋鹿相伴。然後，筆鋒一轉，重新想到了那個人。這種寫法非常屈原，也非常《楚辭》。無論是意境的營造，還是語言的運用，都極其嫻熟。

〈秋風三疊〉

國家圖書館出版品預行編目資料

楚辭風華——秦漢及唐宋的楚體辭賦 / 白羽 著. -- 第一版 . -- 臺北市：崧燁文化事業有限公司，2024.09
面； 公分
POD 版
1.CST: 楚辭 2.CST: 注釋
832.18　　113013078

電子書購買

爽讀 APP

臉書

楚辭風華——秦漢及唐宋的楚體辭賦

作　　者：白羽
發 行 人：黃振庭
出 版 者：崧燁文化事業有限公司
發 行 者：崧燁文化事業有限公司
E - m a i l：sonbookservice@gmail.com
粉 絲 頁：https://www.facebook.com/sonbookss/
網　　址：https://sonbook.net/
地　　址：台北市中正區重慶南路一段 61 號 8 樓
8F., No.61, Sec. 1, Chongqing S. Rd., Zhongzheng Dist., Taipei City 100, Taiwan
電　　話：(02) 2370-3310　　傳　　真：(02) 2388-1990
印　　刷：京峯數位服務有限公司
律師顧問：廣華律師事務所 張珮琦律師

-版權聲明-

本書版權為淞博數字科技所有授權崧燁文化事業有限公司獨家發行電子書及紙本書。若有其他相關權利及授權需求請與本公司聯繫。
未經書面許可，不得複製、發行。

定　　價：330 元
發行日期：2024 年 09 月第一版
◎本書以 POD 印製
Design Assets from Freepik.com